Ⓢ新潮新書

俵 万智
TAWARA Machi

考える短歌

作る手ほどき、読む技術

JN263503

083

新潮社

考える短歌——作る手ほどき、読む技術▼目次

はじめに

短歌は、心と言葉からできている。まず、ものごとに感じる心がなくては、歌は生まれようがない。心が揺れたとき、その「揺れ」が出発点となって、作歌はスタートする。それは、人生の大事件に接しての大きな心の揺れであるかもしれないし、日常生活のなかでのささやかな心の揺れであるかもしれない。いずれにせよ、日頃から、心の筋肉を柔らかくしておくことが、大切だ。そうすれば、さまざまな揺れに、柔軟に対応することができるだろう。

「どうすれば、その心の筋肉は、柔らかくなるのですか?」――という質問を、よく受ける。「たとえば、あなたは、日頃どんな努力をしているのですか?」とも。

禅問答のように聞こえるかもしれないが、私にとっては「短歌を作ること」そのこと自体が、なによりの柔軟体操になっている。もし、自分が短歌を作っていなかったら、慌ただしい毎日のなかで、「あっ」と思うことがあったとしても、思いっぱなしで過ぎてしまうだろう。

短歌を作っているからこそ、その「あっ」を見つめる時間が、生まれる。たとえ隙間のような時間であっても、毎日の小さなつみかさねこそが、大切だ。「あっ」を見つめて、立ちどまって、味わいつくすことが、心そのものを揉みほぐしてゆく。

子どもの言葉は、そのまま詩になっているようなことが、しばしばある。それは、彼らが世界を見つめる目がまっさらで、心が限りなく柔軟だからだろう。たぶん、体の筋肉と同じように、心の筋肉も、ほうっておけば年齢とともに固くなってゆくのだと思う。そうならないための心のストレッチ——それが、短歌を作りつづけるということではないだろうか。

では、なにかに感じる心があったとして、それを具体的に形にするためには、言葉がなくてはならない。画家が絵筆をとるように、写真家がカメラを持つように、演奏者が楽器を手にするように、私たちは言葉をつかって表現をする。

ここで、「技術」という語をもちだすと、イヤな顔をする人がいるかもしれない。たとえばその人は、こんなふうに言う。

「文学の話に、技術だなんて、車の運転じゃあるまいし。それに私は、日々のできごとや思いを、そのまま素直に、短歌として書きとめられれば、それで充分なんです」と。

しかし、日々のできごとや思いを、そのまま素直に、短歌として書きとめるにも、やはり、ある程度の言葉の技術は必要だ。それは、絵を描いたり、写真を撮ったり、楽器を演奏したりするのと、同じである。

ついでに言うと、道具という点では、これほど手軽なジャンルも、珍しいだろう。あなたは、絵の具を揃えたり、カメラを購入したり、楽器を準備したりする必要は、一切ない。鉛筆一本とメモ用紙があれば、とりあえず今日からでも、はじめられるのだから。

この「考える短歌」で、私が試みてみたいのは、短歌を作るうえでの「言葉の技術」

を、どこまで伝えられるか、ということだ。そのためには、抽象的な理屈を並べるのではなく、なるべく具体的な方法をとりたい。

そこで、「添削」ということを、中心に据えることにした。正直言って、ひとさまの作品に手を加えるのは、あまり気持ちのいいものではない。その人の「心」の部分にまで、踏み込むことは、決してしてはならない、とも思う。あくまで、言葉の技術という観点から、「ここを、もう少しこうすれば、ぐっとよくなるのでは」——という提案としての添削であるということを、強調しておきたい。それはすなわち、心の柔軟体操のほうは、各自でお願いいたします、ということでもある。

新聞紙上での短歌欄の選を、自分がつとめるようになって、八年がたった。毎週何千と寄せられる作品のなかから、選べるのはたった十首。ほとんどが日の目を見ることのない歌になってしまうわけだが、「惜しいなあ」と思うことも少なくない。そういうボツ作品とのつきあいが長くなるにつれ、初心者が陥りやすい罠《わな》や、多くの人々に共通に見られるクセなどに、気づくことも多くなった。そんな経験も生かしながら、「どうすればもっとよくなるか」を考える場所として、本書をスタートさせたい。

添削は、雑誌「考える人」への投稿歌をもとにしている。毎回多くの作品を寄せてくれた人たちに、感謝したい。各講の冒頭には、投稿歌の中から、優秀作を一首ずつ掲げてある。

また、添削のポイントについて、さらに理解が深められるよう、鑑賞コーナーを設けた。歌人と呼ばれる人たちの、プロの技を、ここで味わってもらえれば、と思う。

初出

実践編
「考える短歌」　季刊「考える人」二〇〇二年夏号〜二〇〇四年春号連載
鑑賞コーナー
『三十一文字のパレット』『記憶の色　三十一文字のパレット2』（共に中公文庫）より再録。再録にあたっては、実践編の内容に合わせて大幅に加筆修正を行った。

第一講

「も」があったら疑ってみよう

実践編

優秀作

自転車のタイヤがつかむ坂道の確かさほどのふたりの行方

静岡市　望月浩之

【選評】

タイヤがつかむ確かさとは、いかほどの確かさなのか……と読む者に考えさせるところが、おもしろい。それは人によって、見方によって、さまざまだろう。つまり現在の「ふたりの行方」も、その程度には揺れている、ということになる。

坂道を自転車でゆく様子そのものが、恋愛の遠い比喩とも読めるだろう。

添削①――「も」があったら疑ってみよう

一首が完成したと思ったとき、もし助詞の「も」が含まれていたら、とりあえず疑ってみてほしい。それは、ほんとうに効果的な「も」なのか、どうか。「も」は、同様のことが他にもあることを示したり、同類の事柄を並べたりするのに使われる。

特に、同様のことが他にもあるという意味で、無防備に使ってしまうと、焦点が絞りきれず、印象があまくなってしまうことが多い。「が」や「は」よりも、ソフトな感じがするので、つい使ってしまいがちだが、それが短歌のなかでは、表現のあいまいさをもたらしてしまうのだ。

意味的に、確かに「も」である場合でも、「が」や「は」や「を」などに置き換えたほうが、スッキリすることもある。

冷蔵庫のシチューも食べ終え君のいた証拠がついに消えたこの部屋

諏訪市　宮坂　亨

シチューという具体的な語が、とても効いている一首だ。この語だけで、人参やじゃがいもを切って、肉を煮込んでいる彼女の後ろ姿が彷彿《ほうふつ》とする。また、二人で食べたであろう豊かな時間も、想像される。

おそらく他にも、「君のいた証拠」は、あったのだろう。きちんと束ねられたカーテンとか、部屋に残ったオーデコロンの香りとか、三角にたたまれたトイレットペーパーとか。それらが一つ一つ失われ、そしてシチューも食べてしまったというわけだから、意味的には「も」を選んで、おかしくない。

が、「ついに」という語があるので、いろいろあった証拠が消えていったのだなということは、想像できる。ならば、この「も」を「を」にしたほうが、シチューという効果的な言葉が、より際立つのではないだろうか。

冷蔵庫のシチューを食べ終え君のいた証拠がついに消えたこの部屋

「ついに」の責任が重くなったぶん、この「ついに」自体も、以前より輝いて見える。

生き残る魚卵のごとく難しい友となるのも友でいるのも

堺市　一條智美

友情を深めることの難しさを、魚の卵の厳しい生存競争でたとえた一首。極端にも見える比喩が、作者の初々しさや切実さを、かえって生々しく伝えてくれる。下の句のリズムのよさや、「なる」と「いる」という言葉の工夫も、なかなかのものだ。

これでも充分に思いは伝わるが、さらに欲張って、「も」に注目してみよう。二つの似たことを並べているのだから、「も」で間違いではないのだが、これを「は」にしてみると、どうなるだろうか。

生き残る魚卵のごとく難しい友となるのは友でいるのは

添削前だと、「も」で並べられたぶん、友となることと友でいることとが、同じような印象だった。

が、「は」に変えた結果、一つめの「友となるのは」が、ため息まじりに言いさした感じとなり、二つめの「友でいるのは」のほうは、よりくっきりと、いっそう難しいという印象が強まった。

「なる」と「いる」の、似て非なるところを、読む者も考えさせられる。それにともなって、「いる」の迫力も増すのではないだろうか。

鑑賞コーナー①——必然性のある「も」

すべての「も」がダメというわけではない。効果的で、必然性のある「も」の例を、三首あげてみよう。

スカーフの赤も暮色に鎮まれば二人の舟を岸に漕ぎ寄す　栗木京子

「三夕《さんせき》の歌」をはじめ、夕暮れは数々の名歌を生み出してきた。だから逆に、現代にあって夕暮れの歌をうたうことはむずかしい。しみじみとした気分に流されてしまう恐さがそこにはある。

しみじみとしていながら流されず、この一首がしっかり岸に着くことができたのは、

「スカーフの赤」が生きているからだろう。恋人同士が向き合いながらボートの上で語らう。その時間の高揚した気分を象徴するような赤いスカーフ。やがて時は過ぎ、日は陰り、ひんやりとした風が吹きはじめる。「鎮まれば」という言葉によって、赤という色彩が鮮やかさだけではなく、熱をも奪われてゆく感じが、巧みに表現された。そして二人の恋の時間の鮮やかさと熱も、同時に鎮まってゆくのである。

この歌の場合は、「赤が」では、この感じは出ない。次々と世界が暮色に染まってゆき、最後の砦のように輝いていたスカーフの赤までもが、とうとう……というニュアンスだからだ。そういう時間の経過を含む「も」のよさが生かされている。

きみが歌うクロッカスの歌も新しき家具の一つに数えむとする　　寺山修司

普通に考えれば、家具とは並び称せられないはずの「クロッカスの歌」。それを、あえて並べて数えようという気持ちの「も」である。

新しい家具は、二人の生活のスタートを、象徴するものの一つだ。ぴかぴかしていて、木の匂いなんかがして、嬉しいのだけれど、まだ慣れていなくて、引き出しの場所などには、ちょっと戸惑う。結婚の実感が湧くような、まだ湧かないような、そのあいだのところのような……。

「きみが歌うクロッカスの歌」もまた、ちょうどそんな感じなのだろう。そして、今は新鮮すぎて眩《まぶ》しいくらいのその歌も、やがては、ぼくの日常生活の一部に自然に溶け込んでいくのだなあ……という思い。これも、家具と似ている。クロッカスの歌、というのが、「きみ」の生き生きした印象を、実にぴたっと伝えてくれる。

あなたからきたるはがきのかきだしの「雨ですね」さう、けふもさみだれ
松平 修文《しゅうぶん》

電話で「雨ですね」と言いあうのとは違う、不思議な連帯感が、この一首にはある。電話ならまさにリアルタイムで、今自分の見あげている空を、相手も見あげて、相づちを打つわけで、それは単なるあいさつにすぎない。

葉書に書く「雨ですね」は、そうではない。それは、あなたのことを思ってペンをとっていた時間に雨が降っていました、という一種のしるしのようなもの。私はその時「……ね?」とあなたに話しかけたかった、という気持ちの消印のようなもの。リアルタイムでなく、時間の幅を持って、その想いが届けられる。

「さう、けふもさみだれ」という相づちも、同様に、気持ちの消印である。今、あなたの文字を見つめながら、心の中で返事をしました、という。

正確な意味では時間はズレているけれど、「さみだれの降る季節」という視点から見れば、二人は時を共有しあっている。そして一枚の葉書をとおして、心を共有しあっている。そのことを表現するためには、結句は「けふも」でなくてはならない。これもまた、必然性のある「も」ということになる。

第二講

句切れを入れてみよう
思いきって構造改革をしよう

実践編

優秀作

美容師がどんどん髪を切ってゆくさよならきみを知っている髪たち

千葉県　遠藤由季

【選評】

きみとの関わりが、自分から削ぎ落とされてゆくという感覚。第三者としてまったく無頓着な美容師の様子が「どんどん」で簡潔に伝わってくる。つまり、一つめの「髪」と二つめの「髪」とは、同じ髪でも、思い入れが全然違うものなのだ。

過去への訣別の気持ちが、髪に対する「さよなら」の一言で、さらりとせつなく表現された。

添削①——句切れを入れてみよう

一首が、最後まで切れ目なしに続いて終わるものを「句切れなし」と言う。

ゆく秋の大和の国の薬師寺の塔の上なる一ひらの雲　佐佐木信綱

国から寺へ、寺から塔へ、そして塔から一ひらの雲へと、言葉によるクローズアップが見事な一首だ。この歌の場合は、途中で切れずに、一気に結句まで流れてこそ、最後の雲の印象が鮮やかになる。

つまり効果的に使えば、「句切れなし」も、立派な一つの技法だ。が、ただなんとなく、だらだらっと結句まで続いてしまっている場合は、一首のどこかに句切れを入れたほうが、意味がはっきりし、リズムもひきしまることが多い。

われのこと歌人なるよと紹介をされたる浜に拾ふ桜貝

福岡県　佐々木和彦

「この人は歌人なんですよ」と思いがけず紹介され、ちょっと照れくさいような気持ちなのだろう。その気持ちを抱えたまま、浜に桜貝を拾う……もしかしたら、西行の「潮染むるますほの小貝拾ふとて色の浜とはいふにやあるらむ」といった歌が、胸中にはあるのかもしれない。作者の寡黙な感じが、よく出ている作品だ。

つまりこの歌は、「歌人と紹介された」「桜貝を拾った」という二つのできごとを、一首のなかでぶつけることによって、ある種のニュアンスを出すことに成功している。そこで、この二つを、よりはっきりぶつけるために、句切れを導入してみよう。

われのこと歌人なるよと紹介をされたり浜に拾ふ桜貝

「されたり」で、いったん切ることによって、右で述べたような効果が、いっそう高まるのが、わかるかと思う。

金がなくて浮いた話もあんまりで道に寝ている自分を笑う

高槻市　綿田淳一郎

金なし、浮いた話なし……という情けない状況（失礼！）を、よりくっきりさせるために、句切れを入れてみる。

金がなくて浮いた話もあんまりで道に寝ており自分を笑う

この歌は口語で書かれているので、もとのままでも「寝ている」を終止形ととれば、そこで句切れとも考えられる。が、どちらかというと、「寝ている自分」と連体形に受け取られる可能性のほうが、大きいだろう。

「寝ており」とすれば、明らかにここで句切れとなる。結句の「自分を笑う」が、独立したぶん、いっそうせつない感じに響くのではないだろうか。

スパイス的に文語「おり」を使うことによって、全体のリズムがひきしまり、散文的な印象も薄められるのではないかと思う。

また、一首に句切れがないうえに、結句が連用形などで言いさしの表現になっていると、さらにだらしない感じになってしまう。そういうときは、せめて結句でケリをつけると、全体がひきしまる。

灰色の雲の隙より三日月が息子の墓をうすく照らして

和歌山市　平田美鈴

灰色、雲の隙、三日月、うすく……といった、すべて淡い感じが、おそらくは若くして亡くなった息子さんのイメージを伝えて、胸に迫る一首だ。

この歌の場合は、「照らして……」という頼りない終わり方も、歌の雰囲気に合っているという見方もできるだろう。が、試みに結句を変えてみる。

灰色の雲の隙より三日月が息子の墓をうすく照らせり

「照らせり」と、きっちり完了させることによって、情景が固定され、より鮮明に読者に伝わるのではないかと思う。

お互いの関係をさす名称に縛られている関係であり

堺市　一條智美

「上司」「部下」「先輩」などという言葉を、なかなか越えられないもどかしさ。それを客観的にとらえた表現が、乾いた感じを出して、現代的な歌となっている。が、結句が「あり」で終わると、その後にも何かあるような、何か完結しきっていないような印象が残る。

お互いの関係をさす名称に縛られている関係である

連用形の、未練がましい感じが一掃されて、よりドライな一首になる。

添削②——思いきって構造改革をしよう

さまざまな言葉を削り、やっと残した三十一文字《みそひともじ》。それぞれの言葉のつながりや内容について、作者本人は、じゅうぶん過ぎるほどわかっている。が、そこが落とし穴で、自分では理解できていても、第三者、つまり読者にはわかりづらいこともある。特に、一首の構造がすっきりしていないと、この言葉はどこにかかるのか、どうつながるのか、読むほうは戸惑ってしまう。

一首ができあがったら、他人の目になって、読みかえしてみよう。

跳び越える柵Tシャツに風はらみ君への翼白いスニーカー

調布市　長島良幸

作者は、柵を飛び越えた。そのときTシャツが風をはらんだ。履いていたのは白いスニーカーだった——という情景は、よくわかる。が、歌を作ろうと思ったのは、「君への翼だ！」と感じたからだろう。この一番肝心の「翼」が、風をはらんだTシャツなのか、スニーカーなのかが、わかりにくい。両方のようにも思われるが、どちらかはっきりさせたほうが、読者には親切だろう。

また、「柵」「翼」「スニーカー」と三つも体言止めがあるのも気にかかる（第三講参照）。

柵を飛び越える瞬間Tシャツに風をはらめば君への翼

翼はTシャツ、という解釈で、全体の構造をすっきりさせてみた。「瞬間」のところは、体言止めのようだが、「瞬間（に）」という感じで下につながるので、それほど重くはないだろう。

建物が帰る家になるまぼろしのあの人と棲む終の栖の

長野県　松野幸穂

なんとなく、なんとなく、作者の言いたいことは伝わってくるのだが、歌の構造が、三十一文字のなかでバラけているために、焦点が絞りきれないもどかしさが残る。

三十一文字に、ほぼ納まったところで、作者としてはこれで完成！　という気持ちになるのは、よくわかる。が、ここで、もう一押し、というしつこさが大切だ。

問題点としては、「建物が帰る家になる」という言い回しが、どういう建物なのかという説明がないまま、いったんここで句切れとなっているために、わかりにくい。結句まで読むと、想像はつくのだが。

そして、その結句「終の栖の」を、このあとどうつなげて解釈すればいいのか、これも迷われる。

まぼろしのあの人と棲む建物が終の栖と思う、帰ろう

行間に漂う、「あの人」への強い気持ちを汲みとって、こんなふうにしてみた。

いったん三十一文字に納まっても、このように言葉の大移動は可能だ、ということがわかるだろう。

五七五七七なのだから、単純に考えても、五は二箇所、七は三箇所、納まる場所がある。右の添削例だと、初句の「建物が」と、第三句の「まぼろしの」とが、同じ五音で、場所を入れ替わっている。そして「あの人と棲む」が第四句から第二句へ移動し、「終の栖の」が「終の栖と」と一文字変更しただけで、結句から第四句に移動した。

添削結果を見ると、ずいぶん変えたなという印象を持たれるかもしれない。が、表現としては、「帰る家になる」を「思う、帰ろう」に直したぐらいである。あとは、語順の入れ替えだけで、構造をすっきりさせた。

せっかく定型に納まったんだからと、もったいなく思わずに、ぜひ大胆な構造改革を！

鑑賞コーナー②——潔い句切れ

蟻を飼う少年の眼をいじわるく見ており彼も孤独の眼する

平井　弘

なにが「いじわる」なのだろうか。蟻を飼うという行為には、弱い者を支配するような気分、一つの小さな国を自分のものにするような気分がある。孤独な少年の、そのちょっと卑屈な優越感のようなものを、見通してやること、それが「いじわる」なのだろう。「ぼくには、君の気持ちがわかっているんだよ」——そんな視線を投げかける作者。が、「彼も」と表現されているように、作者自身も、とても孤独な人間の一人だ。蟻という小さなものを通して、ここには不思議な屈折した連帯感が生まれている。

この一首、第四句の「見ており」のところの句切れが効いている。たとえば「見ておれば」と続けてしまうと、どうだろうか。いっぺんに全体がダラッとして、しまりがなくなってしまう。ここでいったん切って一呼吸入れているからこそ「彼も」の「も」の重み（私もそうなのだという重み）が、鮮明に浮かびあがるのだ。

幸福の系列にとほく大蟻の芝生越えをり黒くあらあらし　　島田修二

大蟻とあるから、一匹ずつの姿は、普通の蟻よりくっきりと目に見えるのだろう。緑の芝生と黒の蟻という色彩の対照が、いっそう蟻を印象づける。

黙々と列をなしてゆく蟻たちは、幸福というものからは程遠い、と作者は見ている。「系列」という言葉のつかいかたが、新鮮だ。結句は字余りとなっているが、そのことが「あらあらし」という言葉を、ひきたてている。

直前の「越えをり」のところの句切れも、結句を際立たせるのに一役買った。ここを「越えるは」としてみると、急に結句が説明的になってしまうのがわかるだろう。句切れには、次の言葉を潔くさし出すという働きもある。

天から人間の群れを見たら、あるいはこの歌の大蟻のように見えることもあるのかもしれない。そんなことを思わせられる一首でもある。

彼《か》の世より呼び立つるにやこの世にて引き留むるにや熊蟬の声

吉野秀雄

病床にあって作者は、死を予感している。暑さをさらにかき立てるように、シャーシャーと鳴く熊蟬。その声は、何かあの世からの呼び出しの声のようである。が、一方では、生の象徴のようにも感じられる声。「がんばれ、がんばれ、まだまだいける」そんなふうにも聞こえてくる。

ミもフタもない言い方をしてしまえば、実は作者の生死のことなど、熊蟬は知ったこっちゃない。病床で聞かれているなんて夢にも思わず、ただひたすら鳴いているだけ、だろう。

つまり「――にや――にや」という疑問は、結局は作者自身の問題なのである。もうあの世から呼び出しがかかっているような気もするし、いやまだしばらくはこの世にとどまっておらねばならぬような気もする。その相反する思いの切迫した感じが、熊蟬の声を通すことによって、実にリアルに伝わってくる。

また「――にや――にや」という同じ重みを持つ二回の句切れによって、あちらとこちらを行き来する思いが、意味の上からも、リズムの上からも、巧みに表現された。

二日酔いの無念極まるぼくのためもっと電車よ　まじめに走れ

福島泰樹

飲みすぎたことを悔いるのではなく、あんな程度の（どんな程度かはわからないが）酒で、不覚にも二日酔いしてしまったことを、自己嫌悪している歌ではないかと思う。あくまでハードに男っぽく生きたいと思う作者にとって、二日酔いとは、まさに「無念極まる」状態なのだろう。

「まじめに走れ」と言われても、電車は困ってしまう。しかし、この理不尽な命令が、一首を魅力あるものにしていることは確かだ。真剣におのれを嫌悪している作者の目には、この世の日常というものが、実にいい加減なものに見えたのではないだろうか。

まあまあナアナアで生きている人間を、なんとなく乗せて走っている電車。そこでひとこと、「俺がこんなに無念な思いで乗っているんだ。電車よ、おまえも気合を入れて走れ」と言いたくなったのではないかと思う。

この歌では、一マスあけて、句切れを強調している。そのことによって、結句が電車だけでなく、世界への呼びかけのような広がりを持つことができた。

第三講

動詞が四つ以上あったら考えよう
体言止めは一つだけにしよう

実践編

優秀作

最後まで視線は一方通行のけやき通りという通学路

福島県　木村葉子

【選評】

通学路を歩きながら、一人の人を見つめつづけてきたのだろう。片思いの比喩としては、「一方通行」はやや新鮮さに欠けるが、通学路とからめることによって、この言葉が生きた。

けやき通りという具体的な名前も、一首にくっきりとした輪郭を与えている。

添削①――動詞が四つ以上あったら考えよう

一首のなかに、あまりたくさん動詞が入っていると、「朝起きて歯を磨いてごはんを食べて……」という小学生の作文の悪い見本のような印象になる。一般的には、三つが限度ではないかと思う。もちろん、動詞を重ねることで生まれる効果を、意識的に狙う場合は別である。

大海の磯もとどろに寄する波破《わ》れて砕けて裂けて散るかも　　源　実朝

たとえば、この歌には五つも動詞が使われている。たたみかけるように動詞を重ねることによって、波のダイナミックな動きが、そのまま伝わってくるような迫力が生まれた。こんな魅力が出せるのなら、もちろんオッケーである。

ジーンズに沢山の窓を開けてはき心を閉ざす若者がいる　　堺市　寺崎和代

ジーンズはあんなに風通しがよさそうなのに、心の窓のほうは閉ざされている……。若者とのあいだに感じられる距離を、ファッションへの違和感をからめて詠んだところが、おもしろい。

ただ「開けて」「はき」「閉ざす」「いる」と動詞が多いのが気になる。作者としては、ていねいに表現したところかもしれないが、かえって、「こうして、こうして、こうなりました」というようなぎこちなさが生まれてしまった。ジーンズを「はく」のはあたりまえのことだし、「いる」とわざわざ言うことによって、説明的な印象を与えてしまっている。

また、「心を閉ざす」という表現は、ただ街や電車で見かけた若者などに使うには、踏み込みすぎではないか、とも思われる。「心」の問題にまで言及するのなら、もっと自分に近い若者であるほうが、説得力も増すだろう。

ジーンズに沢山の窓を開けながら心を閉ざす二十歳の息子

「はく」と「いる」を除き、若者を身近な存在に替えてみた。ジーンズの窓と心の対比が、よりくっきりしたのではないだろうか。

歩けばそこに五分足らずの銭湯のありて「極楽湯」と名を持てり

長崎市　濱名鮎子

五分という具体的な数字と、「極楽湯」という固有名詞が、とても効いている。たったの五分で「極楽」という小さな発見。こんなささやかなことでも、日常は一瞬楽しくなるのだ。そしてそんなささやかな喜びを、短歌は形にすることができる。

「歩けば」「足らず」「あり」「持てり」を整理してみよう。

我が家から徒歩五分なる銭湯は「極楽湯」という名前を持てり

動詞を減らして、文字数に余裕が出たぶん、「と」→「という」、「名」→「名前」とすることができた。これによって、「極楽湯」というキーワードが、より強調されて印象深くなったのではないかと思う。

また、リズムにも注目してほしい。添削前だと下の句の七七が「アリテゴクラク／ユトナヲモテリ」と句またがりになっている。句またがりにすることによって、独特の味わいを出すこともあるが、この歌の場合は、せっかくの「極楽湯」が分裂してしまうのは得策ではないだろう。

添削②――体言止めは一つだけにしよう

体言止めにすると、その体言に重りがついたように、どっしりと余韻が深くなる。文字数の限られた短歌では、非常に有効な方法だ。用言を略して、より短い表現で、より重厚な味わいが出せるのだから。

しかし、たった三十一文字のなかに、二回それが出てくると、バランスが悪くなる。重りのついた言葉が二つもあると、どちらに重心をかけて読めばいいのかわからない。結局、表現としてはどっちつかずになり、二つともが重みを失ってしまう。

大阪に留まる理由がなくなって勤務地自由私は一人

高槻市　綿田淳一郎

自由であるということは、解放感を感じられることであるいっぽう、孤独を噛みしめることでもある。「勤務地自由」というところに、表現の工夫のある一首だ。

ただし「勤務地自由」と「一人」と、体言止めを二つ使ったことによって、焦点が二つにばらけてしまった。

大阪に留まる理由がなくなって勤務地自由の私は一人

シンプルに「の」を入れて続けてみた。こうすると「一人」のほうに重心が定まる。

大阪に留まる理由がなくなって一人の私は勤務地自由

こちらは、「自由」のほうに重心を定めてみた。このほうが「勤務地自由」という言葉のおもしろさが、より際立つように思うが、いかがだろうか。

ささがきし面取りをして落とし蓋ゆっくり歩む蒲公英の春

茨木市　平田英子

じっくり時間をかけて料理をすることと、ゆったりした春の気分とが、なかなかいい感じにミックスされている。が、その「ミックス」が、もう一歩のところで、混ざりきっていない感じがするのは、「落とし蓋」と「春」という二つの体言止めのためだろう。この二つの体言止めによって、上の句と下の句が完全に分断され、同じ重みの句が二つ並んだかっこうになっている。

ささがきし面取りし落とし蓋をしてゆっくり歩む蒲公英の春

上の句と下の句を、こんなふうに繫いでみた。「落とし蓋をして」までが「ゆっくり」を引き出す序詞のような役割を果たすようになり、全体がよく混ざった感じがする。「ゆっくり」が、ていねいに料理を作るほうにも、蒲公英《たんぽぽ》の咲く春を歩くほうにも、両方にかかるという仕組みだ。

体言止めが「春」のみになったことで、一首全体が、この結句に向かって収斂《しゅうれん》してゆく感じがする。それも、いいのではないだろうか。

さて、これが教室での授業なら、この添削を終えたところで、利発そうな生徒が手をあげて質問することだろう。

「先生、体言止めは一つになりましたが、動詞は一つ増えて四つになっています。さっきのお話によると、動詞は三つまでじゃなかったんですか?」と。

なかなかいい質問である。しかしこの歌の場合は、動詞四つもよしとしよう。「ささがきする」「面取りする」「落とし蓋をする」という、料理用語独特の動詞が、まず言葉として魅力的だ。そしてこれらを並べることによって、こまやかな手順が実によく伝わってくる。ごぼうを、とか、かぼちゃを、とか対象になる野菜をいっさい出さずに、動詞だけで処理をするというのが、しゃれている。だから「落とし蓋」のところだけ名詞にするよりも、いっそ動詞を並べるという手法に徹したほうがいいだろう。

バスタブに泡だてて手にすくうシャボン幼い頃に見上げていた雲

イギリス　春澄

ふわふわのシャボンから、幼い頃の記憶へと思いが広がってゆく様子が、とても素直に表現されている。この歌も、「シャボン」「雲」の二つの体言止めで、上の句と下の句が、同じ重みで分かれてしまった。しかも、上下がシンプルに並ぶことによって、「シャボン＝雲」の図式が、あまりに単純に見えてしまうのも難点だろう。

シャボンから雲への連想を、もう少し不親切につなげたほうが、かえって余韻が生まれる。

バスタブに泡だつシャボンすくうとき幼い頃に追いかけた雲

「見上げていた」だと字余りが気になるので、「追いかけた」としてみた。リズムだけでなく、このほうが動きも出ていいのではないだろうか。体言止めが「雲」のみになって、記憶の世界のほうに重心が定まった。

鑑賞コーナー③——動詞を重ねるには

添削とは逆の例になるが、動詞を重ねることで効果をあげている歌を三首、読んでみよう。

水面打ち葉をうち土をうつ雨を聴きわくるまでふたり黙しき　横山未来子

音の表情が、とても豊かな一首だ。同じ日に同じ場所に降っている雨でも、どこに落ちてゆくかによって、違う音がする。水面だけが「打ち」と漢字で表記されているが、微妙な音の違いを表す作者の工夫だろう。確かに「打ち」のほうが「うち」よりきつい感じがする。

あ、これは水面を打った雨の音。あ、これは葉っぱの上。あ、そしてこれは土に……。そんなふうに、雨の音色を聴き分けている作者。「打ち」「うち」「うつ」とリズミカルに重ねられた動詞が、読む者の耳にも、その雨音を届けてくれる。

本来なら、ただのBGMにすぎない雨音が、こんなにも主役になってしまうことのせつなさが、ここにはある。二人のあいだには、それほど深い沈黙が横たわっているのだ。その静けさのなかで、作者の心の耳には、現実よりも大きな音をたてながら、雨が降っているのかもしれない。

二重窓閉ざして見下ろす街角にビル解体は無音に終わる　和田明江

ビル解体であるから、かなり派手な音が、情景からは想像されるのだろう。それが、ない。「いくら二重窓でも、無音ってことはないんじゃない？」と思われる人もいるかもしれないが、たぶん無音なのだ。実は私自身、二重窓の部屋に住んでいるので、よくわかる。二重窓というのは、二重ガラスの窓のことではなく、文字通り、窓を開けたらそこにもう一つの窓。これは恐ろしいほどの防音効果があって、たまに窓を開けると、自分がいかにすさまじい音を遮断して生きているのかがわかる（そういう環境のところにしか、二重窓は作られない）。

本来なら音のあるべき風景を、まったく音なしの状態で見ることの不思議さと違和感と。それをこの歌では、大げさな感慨や感想などを挟まずに、淡々と表現した。そのために、かえって、都市の非人間的な雰囲気がよく出ている。「閉ざす」「見下ろす」「終わる」と、マイナスイメージの動詞を重ねていることも効果的だ。

桃色の踵《かかと》をしたる幼子が追い抜くときにわれを見上ぐる　阿木津　英

何気ない日常の一場面である。過不足のない描写が、それを歌にした。「追い抜きました」だけでは「ふうん、それで?」と言われてしまうだろう。「見上げてそしてこんな目をしました」と、そこまで言ってしまうと、読者の入る余地がない。これまた「あっそう」で終わってしまう。「追い抜くときにわれを見上ぐる」――ここまで言って、ここまでで止める。そのことによって、幼子の、あるようなないような意志が、実にうまく表現されているのだ。そしてその未分化な感じを、「桃色の踵」という一点にしぼって象徴させたところが、またこの歌の魅力だろう。

「し(たる)」「追い抜く」「見上ぐる」と、動詞は三つだが(しかもそのうち二つは複合動詞なので、かなり多い印象だが)、それぞれがしっかりした意味を担っているので、うるさくはない。この一首では、むしろ動詞の重なりが、幼子の躍動感にもつながっている。

鑑賞コーナー④——体言止めの実際

秋桜という漢字を初めて見たとき、なるほどと思った。春の桜のように、一晩で散ってしまうことはないけれど、コスモスの風情は、とてもはかなげで、日本人の心をそそるものがある。

毛糸編む乙女の指のやさしくてたとえばゆるるコスモスの花　　宮澤きの江

きゃしゃで、どこか頼りなげで、白く透き通るような乙女の指が、彷彿とする。毛糸をリズミカルに編んでゆく指の動きを、かすかな風に揺れうごくコスモスの花にたとえた比喩が美しい。毛糸編む乙女は、コスモスの花の精のようにも思われる。

「コスモスの花のように」とはせず、比喩を体言止め（「コスモスの花」）にしたところが、一首の工夫でもあるだろう。このために、たとえの範囲を飛び出して、生き生きとしたコスモスの花が、実体を持つものとして、読むものに印象づけられる。

花の向きさまざまに咲く秋桜をゆるがし渡る夕暮れの風　光栄《みつはな》五百子《いよこ》

コスモスと風との取り合わせは、非常におさまりがよくポピュラーなものだが、それゆえに、新しさを感じさせることは難しい。この歌は、正攻法でコスモスと風をとらえて、しかも印象に残る一首だ。

コスモスは、おおむね群れて咲いている（たった一輪で咲いているコスモスというものを、私は見たことがない）。普段はなんとなく、そのひとかたまりで「コスモス」というものを認識しているわけだが、作者は群れの中の一輪一輪に視線を注いでいる。その点が、新鮮だ。「花の向きさまざまに咲く」という何気ないフレーズに、観察の細やかさが光る。そしてさまざまに咲いているコスモスなのだけれど、風はやはりひとまとめのものとして、そのコスモスたちを揺らして通りすぎてゆくのだった。

さて、今回はこの素敵なコスモスの歌二首を、ダメなほうに改作してみよう。二首とも、体言止めが生きている例だが、それをもう一つずつ増やしてみると、どうなるか。

毛糸編むやさしき乙女の白き指たとえばゆるるコスモスの花

花の向きさまざまに咲く秋桜《あきざくら》ゆるがし渡る夕暮れの風

それぞれ、指とコスモスの花、秋桜と夕暮れの風、に等分に思いがふりわけられて、弱くなってしまうのがわかるかと思う。特に二首目は、「秋桜」で一休みしてしまうと、結句までの一気に流れるような調べが、そこなわれてしまう。元の歌の爽やかに吹きぬける風の味を、もう一度味わってみてほしい。

第四講

副詞には頼らないでおこう
数字を効果的に使おう

実践編

優秀作
諫早に干潟が昔あったって言うなよおとぎ話みたいに　長崎市　濱名鮎子

【選評】

干拓はされたものの、干潟を再生しようという運動は、今もなお続いているのだ。「おとぎ話」という語が、ムツゴロウなどの生き物を彷彿とさせて、効果的。

下の句は、軽い口調でとがめているようだが、かえって深い悲しみと怒りがにじむ表現となっている。

添削①——副詞には頼らないでおこう

副詞とは、何か。やや長くなるが、辞書の説明を、まず読んでおこう。品詞の一。自立語で活用がなく、主語にならない語のうちで、主として、それだけで下に来る用言を修飾するもの。事物の状態を表す状態副詞（「はるばる」「しばらく」「ゆっくり」など）、性質・状態の程度を表す程度副詞（「いささか」「いと」「たいそう」など）、叙述のしかたを修飾し、受ける語に一定の言い方を要求する陳述副詞（「あたかも」「決して」「もし」など）の三種に分類される。なお、程度副詞は、「もっと東」「すこしゆっくり」のように体言や他の副詞を修飾することもある。（『大辞泉』より）

簡単に言うと、活用しない飾り言葉で、主に用言を修飾する語ということだ。ちなみに、活用しない飾り言葉には、体言を修飾する連体詞というのがある。活用する飾り言葉である形容詞・形容動詞についても、いずれとりあげたいと思うが、今回は、まず副詞である。

文法は苦手だという人は、辞書の説明のうち、状態副詞と程度副詞の例にあげられているものを見てほしい。はるばる、しばらく、ゆっくり、いささか、いと、たいそう……こういう言葉は、なるべく使わないでおこう、というのが今回のテーマだ。

こういう言葉は、何かを説明するときに、とても手軽に感じを出してくれる。便利といえば便利なのだが、そこに落とし穴もある。つまり、誰が使っても、そこそこの効果をあげてくれるかわりに、誰が使っても、同じような効果しかあげてくれない。

短歌を作るなら、自分なりの言葉による、新しい表現を、目指したい。そのとき、もっとも危険なことの一つが、安易に副詞に頼ってしまうということなのだ。

吐く息が白くなったとふと気づくあなたのいない冬はもうそこ

山梨県　依田真弥

「ふと」は、使いたくなる副詞、ナンバーワンかもしれない。そもそも短歌は、ふと気づいたり、ふと思ったり、ふと感じたりしたことを、三十一文字でまとめることが多いのだから。

吐く息の白さに、冬の近さを感じる作者。「あなたのいない」が、心情的にも寒い冬を思わせて、せつなさが伝わってくる。

この歌の場合は、「ふと」をとるだけでも、じゅうぶんよくなる。

吐く息が白くなったと気づくときあなたのいない冬はもうそこ

副詞というのは、微妙なニュアンスを加えてくれることもある。が、その微妙さが甘さとなり、仇《あだ》となって、読者が入っていきにくくなることが多い。右の例も、「ふと」がなくなったぶん、読者が一首の世界に入りやすくなったのではないだろうか。

もう一つ「ふと」の例を。

結婚の報告を聞き胸にふと花開きだす黄色薔薇《イエローローズ》

茨木市　平田英子

たぶん、同性の結婚のしらせに対する、思いだろう。黄色い薔薇の花ことばは「嫉妬」である。素直に喜べない女心が、迫力をもって歌われている。が、「ふと」を使ったことによって、その迫力が半減してしまった。これだと、「なんとなく気づいたら嫉妬の花が咲いていた」という感じになってしまう。どうせなら、もっと堂々と咲かせたほうがいい。

結婚の報告を聞き我が胸に花開きゆく黄色薔薇《イエローローズ》

もう一首、副詞の例をあげてみよう。

「ぬるま湯に終わりを！」という文字淡く校舎の壁にひっそりとあり

堺市　一條智美

ぬるま湯につかったような体制に終止符を打て！　――勇ましいスローガンも、時の流れのなかに、風化してしまった。言葉が勇ましいほど、その文字の書かれた看板（あるいはポスター）の現在の状況が、痛々しい。

そういった様子は、実は、具体的なスローガンの引用と、「文字淡く」という描写と、「校舎の壁」という場面設定で、じゅうぶんに伝わってくる。

つまり「ひっそりと」は、言わずもがな。作者としては、この副詞で、さらにムードを出したかったのだろうが、かえってムードに流されてしまってはいないだろうか。

「ぬるま湯に終わりを！」という文字淡くかすれて校舎の壁に残れり

「ひっそりと」を削ったぶんで、文字の様子を補強してみた。あるいは、

「ぬるま湯に終わりを！」という文字淡く校舎の壁に貼りついており

風化しそうになりながらも、まだ主張しつづける文字の、最後の意地のようなものが、出たのではないかと思う。さらに、二種類の添削を合わせて、

「ぬるま湯に終わりを！」という文字淡くかすれて壁に貼りついており

と、してみたくもなったが、こうしてみると、いっきに輪郭がぼやけてしまう。あらためて「校舎」という語が、一首には必要なのだということがよくわかる。

添削②――数字を効果的に使おう

三十一文字という限られた文字数で表現するとき、数字を入れることによって、イメージがとても鮮明になることがある。

長々と言葉を費やして説明するよりも、具体的な数字をパッと出すほうが、より的確に、より簡潔に、伝わることが多い。なぜなら、長々とした説明は、作者の主観による場合が多く、数字というのは逆に、とても客観的なものだから。

空見上げたった二秒の逃避行こころ飛ばして日常へ戻る

三島市　高屋由美子

ほんの短い時間、空を見上げて心を飛ばし、現実からの逃避行を試みる作者。そのささやかな気分転換が、また日常を新鮮にしてくれるのだろう。

単に「短い時間」とか「ほんの少しのあいだ」とか言うよりも、「二秒」という具体的な数字が、その短さをきちんと伝えている。

では、なにが問題か。さきほど考えたばかりの「副詞問題」である。二秒と言っただけで、その短さはじゅうぶんに表現できている。そこにダメ押しのように「たった」という副詞を重ねてしまったことによって、ここのところが、とても主観的で説明的なものになってしまった。数字の力は、もっと信頼してもいいだろう。

空見上げ三秒間の逃避行こころ飛ばして日常へ戻る

リズムを考えて二秒を三秒にしてみたが、ここは十秒にすればまた、一首の味わいが変わってくる。一分ならば、さらに空想や夢想の様子が加わってくるだろう。

たわむれに君の香水つけてみる一日君に寄りそうようで

東京都　竹原美幸

君の愛用の香りに包まれて過ごす一日。それはまるで、君に包まれているような気分だ……。そんな乙女心が、よく伝わってくる。実際の君がそばにいないという事実もあいまって、せつない。

「一日」も数字による表現といえば、そうなのだが、あまりにもよく使われているので、数字としてのインパクトが薄れている語である。

たわむれに君の香水つけてみる二十四時間寄りそうように

同じ意味でも、二十四時間としたほうが、より生々しく、かたときも離さず身にまとっている感じが出るのではないだろうか。

鑑賞コーナー⑤――数字の重み

近代の歌人で、数詞を多用したのは、なんといっても与謝野晶子だろう。

世を去りて三十五日この家にわれと在りしは五十日《いそか》前まで

鉄幹が亡くなってのちに詠まれた歌である。正直言って、それほど上手くはない。が、素朴な詠みぶりが、かえって胸を打つ不思議な作品だ。

私にとって今日という日は、あなたが死んで三十五日目、この家を去って五十日目、という意味づけのもとにある一日でしかない……と晶子は嘆く。三十年以上連れ添い、十一人の子どもをもうけた夫婦とは思えないような、初々しさだ。挽歌というよりは相聞歌である。しかも、思いあまって不器用にしか歌えないというところが、真実の悲しみを感じさせる。

一首を支えているのは、まさに具体的な数字の持つ、技巧を超えた迫真性なのだ、と思う。


一つ駅を乗り越せば違った人生もあると思えり午前八時五十分　光栄堯夫《みつはなたかお》

乗り越さずに降りる駅とは、勤務先のあるところなのだろう。察するに、九時ぐらいが出勤時間。冒険をして一つ先の駅にまで行ってみる余裕はない。そんなことをしたら遅刻してしまう。で、毎朝、このまま乗っていたら違う人生もあるかなあと思いつつ、決まった駅で降りる自分。

仮に一つ駅を乗り越したからといって、何かがほんとうに変わるとも、作者は思っていないだろう。ただ、決まった時間に決まった駅で降りるだけの毎日に、ふと反乱を起こしてみたいような思いにとらわれるのだ。その行き先が、世界の果てではなく一つ先の駅であるところがまた、なかなかせつない。

午前八時五十分、という具体性が、いかにもサラリーマンの出勤時間、という感じを出している。この部分を、たとえば「朝のラッシュに」とか「通勤電車」としたらどうだろう。リアリティが薄くなるだけではなく、妙に説明的になってしまうことに気づく。ポンと時間だけを提示することは、読者の想像力をも刺激するのである。それが具体的であればあるほど、想像も具体的になって、楽しい。

君よりも十七センチ高い僕の見渡す景色は君と異なる　宇田川寛之

十センチのハイヒールを履いて、世の中の見え方が全然違うのに驚いた経験が、私にもある。私の身長は一五四センチなので、十七を足すと一七一センチ。うんうん、それぐらいのボーイフレンドがいたなあっていう感じ。
十五でも、二十でもよさそうなものだけれど、この十七という半端でいて、ありそうな数字が、まことに効いている。

年齢では「大台にのる」という言い方がよくされる。一歳年をとる、という点では、昨年や一昨年と同じはずなのに、年齢の十の位の数字が変わるときというのは、何か特別な感じがするものだ。

やがて吾は二十となるか二十とはいたく娘らしきアクセントかな　　河野愛子

十代から二十代へ。この変わり目は、また特別の重みがある。法律の上での成人、ということだけでなく、気分的にも、「大人への入り口」という一つの門をくぐるような感じ、といったらいいだろうか。

十や三十、四十……と違って、二十には「はたち」という特別な読み方がある。この新鮮な響きを、作者は「いたく娘らしきアクセントかな」と捉えた。十代の女性ならではの感覚だろう。

感じたことを感じたままに言葉にしたら三十一文字になっていた、という雰囲気の作られ方も、若々しくて効果的だ。初二句の大胆なすべりだしが、残る三句の感覚を、存分に生かしている。

曳く影も等身にして野に起てばとどろくまでに近し四十歳

滝沢　亘

人生八十年となった現代では、四十歳は折り返し地点、ということになる。その感慨として受け取る読者もいるだろう。が、作者にとっては実は人生はもう終盤戦だった。

肺結核を患《わずら》い、サナトリウムに入院していた作者には「死」は間近のもの。「とどろくまでに」という表現には、健康な人以上に四十代の重みが、ずっしりとこめられている。「曳く影も等身にして」とはどういうことだろうか。これまでの俺と何も変わっていない、昨日までの自分と同じ大きさの自分がここには立っている、という感覚ではないかと思う。それなのに容赦なく、四十歳は近づいてくるのだ。

十といふところに段のある如き錯覚持ちて九十一となる　　土屋文明

よっこらしょ、という声が聞こえてきそうなほのぼのとした一首だ。九十年という人生を、淡々と飄々《ひょうひょう》と背負いながら、また一つ階段を上る作者。大げさな感慨などがないところが、かえって迫力を感じさせる。「段のある如き」に、さりげなく、しかし確かな重みというものが息づいている。

また、重みの違いこそあれ、この感覚というのは、二十代から八十代まで共にあるもののように思う。私自身も、十九から二十になるときというのは、何かすごい壁を乗り越えたような気がした。そして二十から二十一になるときというのは、これで確かに二十代に定着するんだなあと感じた。二十一の「十」のところには、そんなニュアンスがある。

「段のある如き錯覚」には、そういう最後の抵抗感も含まれているのだろう。

第五講

比喩に統一感を持たせよう
現在形を活用しよう

実践編

優秀作

「手を繋ぎたくない」なんて言ったのは「好き」の気持ちが汗になるから

東京都　濱村　愛

【選評】
自分の気持ちを素直に出せない若々しさと、汗ばんだりしたら恥ずかしいという初々しさと。初句から第二句にかけてまたがるリズムが、逡巡する心と、うまく響きあっている。

ストレートな下の句も魅力的だ。

添削①――比喩に統一感を持たせよう

比喩は、とても効果的な表現方法だが、三十一文字しかないところに二種類もの比喩を使うのは、むずかしい。「ような」が二回出てくることはもちろん（これは意外と多い例）、タイプの異なる比喩を一首のなかに入れると、双方の効果が薄まるし、統一感に欠ける印象になる。せっかく工夫した比喩が、これではもったいない。どうしても捨てがたいような比喩が二つできてしまったら、それは素晴らしいことなので、それぞれを軸にして二首作ることを、おすすめする。

大文字で抱える疑問あらねども白黒の夢ばかり見るなり

茨城県　関　裕之

大きな疑問を、アルファベットの「大文字」とした比喩が、おもしろい。いっぽう、カラーではなく白黒の夢というのも、何かに使えそうだ。が、大文字の比喩を受けるのなら、夢の種類も、アルファベットのたとえにしたほうが、より生きるのではないだろうか。

大文字で抱える疑問あらねどもａorｂの夢ばかり見る

具体的に小文字のａとｂを使って、ａorｂ（ａかｂか）という小粒な疑問を表現してみた。

欲しいのはメトロノームだ　不確かな無限を紙にしるすとしても

広島市　久永佳緒里

ずばっと切り込むような初二句のはじまりが、力強くて、印象的な一首だ。この歌を貫く思いは、「奔放に生きていくにしても、どこかで拠り所となるものが欲しい」ということだろう。カチカチと冷静に時を刻むメトロノームは、その拠り所の比喩として、とても説得力がある。

「不確かな無限」も、魅力のある言葉だが、ここはメトロノームの比喩と連動させたほうが、すっきりするだろう。

欲しいのはメトロノームだ　不確かなリズムを紙にしるすとしても

もう一つ、比喩を連動させることで強化する例を。

板チョコのようなたんぼのど真ん中でんと並んだ墓石ふたつ

堺市　一條智美

たんぼを「板チョコ」にたとえた比喩が、目新しく、楽しい。墓石の歌も、こんな比喩からスタートすると、まことにのどかだ。こののどかさは、作者のねらいとするところでもあるだろう。

「でんと並んだ」でも伝わるものがあるが、このままだと、せっかくの板チョコが、一首のなかでやや浮いた感じになるのが惜しい。そこで、墓石のほうの描写も、板チョコに合わせてみてはどうだろうか。

板チョコのようなたんぼの真ん中にナッツの形の墓石ふたつ

たんぼの真ん中のお墓ということで、自然石の墓石を、ナッツに見立ててみた。

なお、結句が体言止めなので、「ど真ん中」で切れると、全体が二分される感じになる。「ど」の迫力も捨てがたいが、ここは「真ん中に」と、下の句に続けたほうが無難だ。

添削②——現在形を活用しよう

散文でも、よく使われる方法だが、文末を現在形にすると、読者が今まさにその場に立ち会っているような臨場感が生まれる。

実際には過去におこったことを題材にしている場合でも、遠慮することはない。気持ちをさかのぼらせて、その現場を生々しく切り取ってくればよいのだ。

この推敲は、実はとても簡単で、手っとり早く印象を変えてくれる。歌ができあがったと思ったあとでも、もし動詞や助動詞の過去形が使われていたら、とりあえず現在形にして、比べてみよう。これは、悪くない一手間である。

夕暮れにキャベツ切る手がふと止まり蘇りしは君のくちびる

松江市　水色うさぎ

ごくごく日常的な上の句から、官能的な世界を思わせる下の句へ切り替わる……この落差が、一首の魅力だ。

「切る」「止まり」と現在形で進んできたのだから、最後の動詞も、現在形でまとめて、いっそうの生々しさを演出したい。

夕暮れにキャベツ切る手がふと止まり蘇りくる君のくちびる

小さな手直しのようだが、くちびるの感触が、今まさに感じられ、下の句の迫力が増したのがわかると思う。

他人《ひと》が皆自由気ままに見ゆる日の我を縛りし嫁という枷

越谷市　小林静江

おそらくは、回想だからこそ歌えた一首なのだろう。作者の心の記録としては、このままでも充分だ。

が、現在形の臨場感を知る例として、次のような推敲も考えられる。

他人《ひと》が皆自由気ままに見ゆる日の我を縛れる嫁という枷

こうすると、今現在、作者が苦しんでいるという歌になる。「枷《かせ》」という言葉が、いっそうずっしりと響く効果が生まれるのではないだろうか。

最後に、もう一例あげてみよう。

7《な》5《な》0《は》cc《ん》の激しい吐息に耳澄まし風に乗った環七通り

茨木市　平田英子

大型バイクに乗って、都会を走る歌である。これはもう、迷うことなく現在形を採用したい。

吐息（落胆したり、ほっとしたときにもらす息）は、ナナハンの激しさにはそぐわないので、ただ「息」で、よいだろう。

7《な》5《な》0《は》cc《ん》の激しい息に耳澄まし風に乗ってる環七通り

作者は、今まさに環七を疾走している。こうすると、「耳澄まし」がおとなしすぎるのではないか、という欲も出てくる。一つの推敲が、次の推敲をうながすことは、よくあることだ。

７５０cc《ななはん》の激しい息に身をまかせ風に乗ってる環七通り

鑑賞コーナー⑥——比喩の力

人あまた乗り合ふ夕べのエレヴェーター枡目の中の鬱の字ほどに

香川ヒサ

比喩の巧みさが光る歌だ。人がぎっしり乗りこんだ（というよりは詰めこまれた）エレベーターを「枡目の中の鬱の字」と捉えた。考えただけでも、窮屈で息苦しい。これでは、身体の向きを直す余裕もないだろう。満員の上をいく超満員の状態だ。

ぎゅうぎゅうごちゃごちゃむしむしした感じが、「鬱」という漢字の図柄で表現されると同時に、意味のうえからも押さえられている。これは、まさに「憂鬱」な状態そのものだ。

少女ひとり乗せたる夜のエレベーター花咲くがごとく扉を開く

岡田美奈子

同じエレベーターでも、時間や状況によって、ずいぶん印象が違う。エレベーターを待っていた作者はたぶん、それは無人で来ると思っていたのではないだろうか。が、扉が開くと、思いがけず一人の少女が乗っていた。まるで、人知れず咲いている夜の花の精のように。

エレベーターが開く感じを花の咲く比喩で捉えると同時に、「花」は少女のイメージともうまく連動している。

鑑賞コーナー⑦——現在形の迫力

山崎方代《ほうだい》は、死をこう歌った。「あかあかとほほけて並ぶきつね花死んでしまえばそれっきりだよ」。確かに、死んでしまえば、それっきりだ。が、死者はそうであっても、残された者にとっては、それっきりとは言えない場合が多い。

亡き人にまだ来る手紙見ずに捨つ冬の屑籠にほぐれて動く　　野尻　供

「まだ」という語から、その人が亡くなってから、かなりの時間がたっていることがわかる。時間の経過のなかで、なんとか過去になりつつある死者との関係を、生々しく現在に呼び戻す手紙。開封せずに捨てるという行為は、自分なりの心の整理のしかたなのだろう。生前親しかった人ならば、その人の死を知っているだろうし、今さらどんな用事が書いてあろうと、せんかたないことである。

そうは思ったものの、若干心がとがめたのだろう。屑籠に丸めて捨てたその手紙が、かさかさと抵抗するように、ほぐれてくる様を、作者はとらえてしまった。結句の現在形が生きている。まるであの世からの死者の交信のような、かすかなその動きがリアルだ。それっきりにしようという気持ちと、それっきりにはなかなかできない気持ちとが、しずかに交錯している。事実だけを淡々と記しているなかに、作者の気持ちの揺れ動きが、鮮やかに刻印されている一首である。

鬼ごろし好み飲みゐし人なれば鬼ごろし墓にぶっかけてやる

香山ゆき江

酒好きの故人の墓に、酒を供えたりかけたりする行為は、そう珍しいものではない。

が「ぶっかけてやる」となると話は別だ。今まさに生々しい思いを、作者が抱いていることのわかる表現だ。なんであなたは逝ってしまったの？　という疑問を直接死者にぶつけているのだろう。

歌集では、掲出歌の少し前に、こんな歌もある。「巻き返し巻き返し見るビデオよりのそり横切る逝きにし男」「人間を止めたる奴がこれやこの記念写真にチーズしてゐる」。生身の彼はいなくなったが、ビデオや写真の彼は、死してなお作者との関係を「それっきり」にはしてくれない。しかも「止めたる奴」には、自殺の匂いがある。そのやるせなさが、結句の激しい現在形として溢れ出ているのだろう。

つづいて、現在形で降る雪の歌を三首、読んでみよう。

降り積もった雪と、降ってくる雪とは微妙に違う。どんと積もって景色になってしまった雪には、安定感がある。逆に、現在進行形で落下中の雪は、とても不安定だ。今、まさに降っている雪というのは、人の心を震わせる作用を持っているような気がする。

つきぬけて虚しき空と思ふとき燃え殻のごとき雪が落ちくる

安永蕗子

「虚空」という言葉があるように、空は、基本的には、広大無辺のからっぽである。そこから舞い下りてくる雪とは、何者だろうか。「つきぬけて虚しき空」と思って見上げていたときの作者の心は、やはり何か満たされない虚しいものであったのではないかと思う。そんな自分の心にも似た空から、ふいに雪が降ってきた。「燃え殻のごとき」という比喩が、新鮮で強烈だ。

かつて自分の心の中でも燃えていた何か。それを作者は、一瞬、雪によって思い出させられたのではないだろうか。一首が、非常にスケールの大きい心象風景として、読む者に迫ってくる。

「燃え殻」の比喩は、象徴的な意味だけでなく、形状を捉えるものとしても、ぴたっと決まっている。キャンプファイヤーなどをしていて、舞いあがった燃え殻が落ちてくるときの、あのくるくるひらひらちらちらという感じ。言われてみればそっくりだ。炎と雪とを結びつける発想は、そこに「心」が重ね合わされているからこそ、生まれてきたのではないかと思う。

風を従へ坂東太郎に真向へば塩のごとくに降りくる雪か　　石川一成

親しみをこめて利根川を、坂東太郎と呼ぶ。作者は、風にも命を感じている。大自然の中で、すっくと立つ一人の男。彼の周りには、ひたすらモノトーンの風景が広がっている。が、その姿は、決して孤独ではない。むしろ大自然にしっかりと支えられている自分自身というものを、体全体で味わっているというふうに見える。

「塩」は、単に白くて結晶状のものという、物理的な面からだけの比喩ではないだろう。

前の歌の「燃え殻」と同様、精神的な面をも、持っていると思う。塩は、人間の命を支える、重要なものである。坂東太郎に真向かう男の胸には、何か確かな決意が秘められているようだ。

最後に、微笑ましい歌を。雪は、地上の恋人たちに、こんな一場面をも与えてくれる。

体温計くわえて窓に額つけ「ゆひら」とさわぐ雪のことかよ　　穂村　弘

彼女は、体温計を口にくわえているので、「ゆきだ」とうまく言えないのである。うるせえな、なに子どもみたいにはしゃいでんだよ、というポーズ。そこには、愛情を素直に表現できない若者らしい照れが感じられる。

「さわぐ」という現在形を、結句の口語がうまく受けとめて、臨場感あふれる一首となった。

第六講

あいまいな「の」に気をつけよう
初句を印象的にしよう

実践編

優秀作

ケイタイより糸電話がいい君にしかつながらない線一本欲しい

イギリス　春澄

【選評】

どこにいても誰とでも話せる便利さより、シンプルに一人の人とつながる温もりを、作者は望んでいる。恋心を素直に詠みつつ、ケイタイに象徴される文明への批判も、さりげなく感じさせる一首だ。

「イ」音が多用され、一首を貫いていることが、音の面からも「一本の線」を表現している。

添削①——あいまいな「の」に気をつけよう

日本語では、格助詞が大きな役割を果たしている。学校の文法の時間に「が・の・を・に・へ・と・から・より・で・や・まで」と、唱えるように暗唱した人も多いだろう。そのなかでも、「の」は、たいへんな活躍ぶりで、働きも多岐にわたっている。大きくわけても、連体修飾、主格、同格……細かくわければ、きりがないほどだ。

「の」についていては、他にもポイントとなる点がいくつかあるが、今回は「あいまいな接着剤としての『の』にはご注意」という話である。

「の」によって、なんとなく意味は通じるのだが、厳密な表現ではない、という場合がある。日常会話ていどなら、それでいいかもしれないが、短歌の表現としては、避けたいものである。具体例を見てみよう。

ここにいる僕より君はケータイの知らない人に笑顔で話す

高槻市　綿田淳一郎

目の前の僕よりも、遠くの誰かに心を奪われている彼女……。デート中の携帯電話という現代ならではの風景に、寂しい人間関係が簡潔にとらえられた一首だ。気になるのは、「ケータイの知らない人」。これは、「彼女が携帯電話で話している相手の人」のことだろうという予測はつく。が、やはりこのままでは舌たらずな表現だ。

ここにいる僕より君はケータイの話し相手に笑顔を見せる

第四句を「話し相手に」としたことで、結句の「笑顔で話す」を「笑顔を見せる」に変更した。こうすると、電話の向こうには笑顔なんて見えないのに、というアイロニーがより高まる。笑顔を見ているのは僕のほうなのに、それは見えない相手に向けられているものなのだ。

さよならのあと7分が大切で新快速に乗らない二人

綿田淳一郎

また同じ作者で恐縮だが、この「の」は癖になりやすいという証でもあるだろう。便利だし、字数の節約にもなるので、ついこういう使いかたをしてしまうのだが、要注意である。

掲出歌からは、ほんの数分であっても、恋人同士には貴重なのだという気分が、よく伝わってくる。第四講の「数字を効果的に使おう」というポイントが、とてもうまく生かされた一首でもある。7分という数字が絶妙の設定だ。なんでもない二人にとっては、わざわざ一緒にいる意味もないような時間だが、恋する二人には重みのある時間なのだ。

とはいえ、これが1、2分では、しかたがない。
問題は「さよならのあと7分」だ。これも、「さよなら」を言わなくてはならないその時までの7分——という意味であろうことは、想像はつく。が、少なくとも「さよならまでの」としなくては、正確な表現とは言えない。

「じゃあ」までのあと7分が大切で新快速に乗らない二人

これほどラブラブな二人なら、丁寧に「さよなら」なんて言わず、せつなく短く「じゃあ」ぐらいで別れると考えても、不自然ではないだろう。

書き慣れぬ署名に香る新しい生活がある再会の友　　千葉市　鈴木真未

結婚して姓が変わったのだろう。「香る」というさりげない表現に、友人の幸せや初々しさが感じられる一首だ。

結句の「再会の友」が、やはり不安定なので、ここはきっちり「再会せし友」としたいところ。しかしこれでは、字数がオーバーしてしまい、リズムが悪い。

書き慣れぬ署名に香る新しい生活がある新婚の友

新婚と打ち出すことによって、書き慣れぬ署名の補足にもなるだろう。

「なんで再会の友はダメで、新婚の友はいいの?」と思う人もいるかもしれない。簡単に言うと、「再会(する)」「勉強(する)」「ドライブ(する)」などの、サ変動詞がある場合は、勉強の友、ドライブの友では不安定で、「する」を付けるということになる。

添削②――初句を印象的にしよう

はじめよければ、すべてよし……というわけにはいかないが、初句の印象というのは、きわめて大切だ。ここが、あまりに凡庸だと、たった三十一文字とはいえ、続きを読む気持ちがしぼんでしまう。逆に、新鮮な初句に出会うと「おっ、これは」という期待が高まるものだ。芸人の話術でいえば、「つかみはオッケー」ということである。

するだろう　ぼくをすてたるものがたりマシュマロくちにほおばりながら
村木道彦

たとへば君　ガサッと落葉すくふやうに私をさらつて行つてはくれぬか
河野裕子

いずれも、初句の新鮮な歌として、現代短歌ではよく知られた作品だ。

知っている　嘘つくときに髪いじるあなたの癖を見納めとする

静岡市　望月浩之

村木道彦ばりの、印象的な初句である。この歌の場合、初句の魅力が生かしきれていないのが惜しい。
「知っている」が指すのは、あなたの癖だろう。が、さらにその癖が見納めだというところまで書かれているので、最後まで読むと、初句が浮いて感じられてしまう。見納めとすることを知っている、と誤解されるおそれもある。

知っている　嘘をつくとき左手でくるりと髪を巻く君の癖

せっかく「知っている」と強く言いきっているのだから、その知っている癖について、どんなものなのか、丁寧に描写することに徹したほうが、初句も生きてくるだろう。

「恋愛」を手がかりにしてあなたの平田英子像を答えてみて

茨木市　平田英子

「私のことを、どう思っているの?」「恋愛の対象として、どう見えているの?」なんて聞くよりも、ずっとしゃれた質問だ。屈折した愛の告白とも受け取れる、ユニークな一首。この歌にある挑発的なムードを、初句で高めてみてはいかがだろうか。

答えてよ「恋愛」というキーワード手がかりに君の平田英子像を

鑑賞コーナー⑧——初句あれこれ

風もなきにざつくりと牡丹くづれたりざつくりくづるる時の至りて

岡本かの子

外からの力によって散らされるのではなく、みずからの内なる力によって散ってゆく牡丹。そのいさぎよさに、作者は心を惹かれたのだろう。死を前に、多かれ少なかれじたばたしてしまう人間との対比を、感じとることもできる。

「ざつくり」というのが、いかにも牡丹らしい。「くづるる」という表現も、散るでもなく落ちるでもなく、その様子をまざまざと伝えてくれる。満開の時を経て、生を充実しきったあとに迎える終焉の時、という感じだ。もう、牡丹には、思い残すことはない。

作者は、その静かな往生に立ち会った。証として、この歌が生まれた。

「ざつくり」に目を奪われる歌ではあるが、実は初句の「風もなきに」が効いている。六音の字余りで、空気の動きのないじっとりとした感じが伝わってくる。その下敷があってこそ、自ら崩れてゆく牡丹の姿が、より鮮烈に描かれるのだ。たとえば「風なきに」と五音では、初句がさらりと流れすぎるだろう。「も」が有効に使われている例でもある。

下の句は、意味のうえでは駄目押しのようにも見えるかもしれない。が、「ざっくりくずれる時がきたからざっくりくずれたのだ」と、きちんと繰り返すことによって、大きな自然のめぐりの中で、きちんと生をまっとうしている様が確認される。

また、単純な繰り返しから生まれるリズムのよさも、見逃せない。そのリズムのよさが、牡丹の生きるリズムのようなものとも、重なって感じられる。

先に行く　ＰＭ３：００　かかわりのない伝言の前を過ぎてく

早坂　類

伝言板の上に見える無数の人間関係。そのどれとも自分はかかわりがないのだ。ある人にとっては、とても大切なメッセージである言葉が、自分にとっては、まるで意味を持たない。そのことの、軽やかな寂しさ、とでもいおうか。作者が感じているのは、疎外感とか孤独感とかいった重いものではないだろう。むしろ肩で風をきって、伝言板の前を通りすぎる姿が思い浮かぶ。

伝言を書いた人や、それを読むであろう人に、作者は深入りはしていない。ただ、自分とは離れたところで、誰かと誰かが、この伝言板の言葉によって結ばれている……その眩しさのようなものを感じているのだろう。

伝言板の言葉を、そのままの形で取り入れた初二句が、いい。この歌を読む人もまた、作者と同じように、その言葉とダイレクトに出会えるしくみとなっている。

（とびなさい）ひとつ折るたび声かけて千代紙のツルが机にならぶ

吉田京子

複数のツルであるから、たぶん願いを込めた千羽鶴だろう。できあがったツルに生命を吹き込むように、作者は声をかける。誰かのためにツルを折ること。それは、その誰かを励ます行為であると同時に、自分をも励ますもののようだ。

「（とびなさい）」という印象的な初句からは、そんな気持ちが感じられる。（　）は心の中の声、というニュアンスだろう。千羽の鶴が折りあげられたときには、千回の（とびなさい）という声が、かけられたことになる。さりげないが「ひとつ折るたび」もまた迫力のある表現だ。

ああ母はとつぜん消えてゆきたれど一生なんて青虫にもある

渡辺松男

母親を悼む挽歌としては、異例の歌だ。誰もが通りぬける絶望や悲しみや喪失感を、とことん通りぬけたあとの、感慨だろう。

青虫と母親の一生を、同じ重さで見るなんて、と思う人もいるかもしれない。しかし、この歌は、母親の一生が青虫と同じように軽いと言っているのではない。「一生」というものは、どんなものにも等しく宿っている。この世に生まれてきて、なんだかんだといろいろあって、そしてあの世へと去ってゆく。そういうことの、いわば一つの単位として「一生」を捉えるならば、死とはなんとありふれた、自然なできごとだろう。そう、花にだって、犬にだって、あるのだ、一生なんて。

母の一生を、絶対的なものとしてではなく、相対的なものとして考える。それができたとき、死というものを、作者はなんとか納得できたのだろう。

「ああ母は」という大仰《おおぎょう》な初句には、何ごとかと人をひきつける効果がある。それが意外な展開を見せて着地するところが、一首の読ませどころでもあるだろう。「ああ」という重い言葉ではじまり、「ある」という飄々とした口語で終わるその構造は、作者自身がたどった心の道のりにも対応しているように思われる。

第七講

色彩をとりいれてみよう
固有名詞を活用しよう

実践編

優秀作

加速して線になるまで銀色の夏を逃げようクールドライブ

吹田市　大村桃子

【選評】

「線になるまで」という感覚に訴える表現と「銀色の夏」が、うまく響きあって、一つの世界を作りだしている。「逃げよう」という動詞が、スピード感を出して、うまい。これが「走ろう」だと普通になってしまうだろう。

結句の「ドライブ」にきて、「銀色」に車のイメージが加わる工夫も効果的だ。

添削①——色彩をとりいれてみよう

描写には、さまざまな方法があるが、色彩を用いることも、その一つだ。形だけでなく、色をとりいれることで、印象的な一首となることは多い。

今回の優秀作も、夏という季節の形容に、ありがちな緑や青でなく、「銀」という色でシャープなイメージをもってきたところが、個性的だった。

「愛して」というわがままな落書きの下が僕らの待ち合わせ場所

神戸市　飛来

若者らしい機知にあふれた一首だ。待ち合わせ場所から、「僕ら」の茶目っ気や、しゃれっ気が、楽しく伝わってくる。

「わがままな」という落書きへの主観的な評価も、なかなかおもしろいので、このままでもいいかと思う。ただ、この言葉がなくても、おもしろさは伝わるし、やや説明的な印象を与えてしまうのが、惜しまれる。

この主観を取り払って、それがどんな落書きであるかという、客観的な描写のほうに文字数をさくのも、一つの方法だろう。落書きの印象が鮮やかになれば、その言葉の持つインパクトも強くなる。

「愛して」という真っ青な落書きの下が僕らの待ち合わせ場所

試みに、青としてみた。色を出すことによって、落書きの書かれている壁などにも、想像が広がるのではないだろうか。「愛して」という言葉の生硬さや、初々しさや、図々しさなども、この色から伝わるかと思う。

また、たとえば「灰色の」としてみると、印象がまったく変わってくる。色は、こんなふうにイメージを広げるのに役立つことが多い。

かきあげる仕種がいいな黒髪を際立たせたる腕の白さか

東京都　木村順人

いきなり動詞から入る初句が、とても大胆で、その後に続く「いいな」という個人的な感想を、有無をいわさず読者に届けてしまっている。前講でポイントとしてあげた「初句を印象的にしよう」にかなった出だしが、成功している。

この歌のように、二色を対比させるというのも、とても効果的な方法だ。黒髪と白い腕の対比によって、その両方の美しさがいっそう感じられる。作者も、充分にそのことを意識して作ったのだろう。

が、その意識が前に出すぎているところと、遠慮しているところとがあって、少し中途半端になっているのが残念だ。出すぎているのは「際立たせたる」。そこまで言わなくても、黒と白の対比があれば充分である。遠慮しているのは「白さか」。ここは、一首の主眼となるところなので、潔く言いきってしまったほうが、気持ちがいい。

かきあげる仕種がいいな黒髪をより黒くする腕の白さよ

あるいは、黒白の語が単純に思われるなら、枕詞を使ってみるのも一つの方法だ。

かきあげる仕種がいいな黒髪をより黒くするしろたえの腕

「しろたえの」は、衣、袖、雲、雪、波など、白いものにかかる枕詞。口語で始まった歌に、こういうみやびな語を入れると、注目度がアップする。白い腕も、いっそう艶《つや》めかしさを増すのではないだろうか。

添削②——固有名詞を活用しよう

固有名詞は、普通名詞に比べて、情報量が多いのが特徴だ。単に「日本酒」というより「越乃《こしの》寒梅《かんばい》」、「シングルモルト」というより「ラフロイグ」。それぞれ、後者のほうが、そのお酒が生まれた土地のイメージや歴史などを背負っているぶん、短い言葉ながら、さまざまな思いを含ませることが可能だ。

が、固有名詞には、常に危険がつきまとう。つまり、それを知らない読者にとっては、何の含みも感じられず、最悪の場合には、最低の意味さえ届かない。

その危険を、できるだけ回避しつつ（前後関係から、少なくとも、これは地名であるとか人名であるとか本の名前であるとかは、わかるようにしておきたい）、豊富な情報量を生かすことは、限られた文字数で表現する短歌にとって、うまみのある手法と言えるだろう。

また、その固有名詞を知らない読者にも、その言葉自体が持つイメージの喚起力というもので、何かを伝えることも可能だ。その例を、一つ挙げてみよう。

カバンからジャンプがのぞいている君のまだ馴染まない「我社」があって

千葉市　鈴木真未

「ジャンプ」は、非常に人気のある、週刊の少年漫画誌だ。単に「漫画」とするより、ずっと情景が鮮明に浮かんでくる。学生気分の抜けきらない、社会人一年生の「君」を表現する小道具として、効いている。また、「ジャンプ」に馴染みのない読者であっても、カバンからのぞいているものといえば、雑誌かなにかであることは、想像がつくだろう。

そして「ジャンプ」という言葉自体が持つイメージの、若々しい雰囲気が、「君」の輪郭を描くのに一役買ってくれている。ここはやはり、同じ少年漫画誌でも、ライバル誌の「サンデー」ではないだろう。

君笑うタイミング知り幸福な映画館にてこれからを見る

「ジャンプ」と同じ作者の一首。「これから」が抽象的で、わかりにくい。ここも固有名詞を活用して、映画館での一こまを鮮明にしてみてはどうだろうか。

君笑うタイミング知り幸福な映画館にて寅さんを見る

日本映画で、もっとも有名な主人公の一人である「寅さん」に登場してもらった。この固有名詞によって、二人のデートの気どらない感じなども、伝わるだろう。

もう君と行くこともなく本棚で直立をする横浜ウォーカー

八王子市　綿田淳一郎

これも、成功例。「横浜ウォーカー」が、いかにも若者らしく、マニュアルに頼りつつ、綿密に準備したデートを窺わせる。「直立」の語が、きまじめさと、うまく響きあっているところもいい。

振り向かず川崎行きの列車に乗る姿がドアで見えなくなった

同じ作者によるものだが、この「川崎」は、たまたま川崎という感じがして、イメージが広がらない。ややありがちな例かもしれないが、東京ではどうだろうか。

振り向かず東京行きの列車に乗る姿がドアで見えなくなった

「振り向かず」の先には、憧れの大都会が見えている。

鑑賞コーナー⑨——様々な色、それぞれの意味

「白」に寂しさを象徴させると、ブルーやグレーや黒と違って、しめり気のないものになるような気がする。暗さのない寂しさ、と言ってもいい。

梨をむくペティ・ナイフしろし沈黙のちがひたのしく夫《つま》とわれとゐる

松平盟子

一つの果実を、夫婦が分けあって食べる風景は、平和そのものだ。が、時間と場所は共有されても、心は決して共有されていないことを、この歌はうたっている。会話が嚙みあわないのではない。相手が不在なのでもない。そばにいて、平和な夫婦を演じながらも、別々の沈黙を身にまとっている。そのことを、「せつなく」でも「むなしく」で

も「悲しく」でもなく、「たのしく」と言ってのけたあとの、カラリとした寂しさ。ペティ・ナイフの白がそれを受けとめている。二人の沈黙の隙間をうずめるように、皮をむかれてだんだん露わになる梨の肌も、また白である。

娶《めと》るとはさびしからむに君はいま白きシャツなどひらひらと着る

松実《まつみ》啓子《ひろこ》

娶ることの寂しさに気づいていない寂しさが、シャツの白さなのだと思う。パステルカラーやチェックのシャツでは、この感じは出せないだろう。ぬくもりも、しめり気もない白。反対に「娶る」という語は、どこか生あたたかく、しめっぽい。そのことに対するかすかな嫌悪とほのかな苛立《いらだ》ちとが、この歌を生んだ。

結婚や妊娠・出産という、ともすれば女の視点べったりになりがちなテーマを、松実啓子はちょっと不思議な視線で捉える。男から離れているのと同じぐらい、女からも離れているのである。女であること、妻になること、そして母になることへの違和感。本来の自分との「ズレ」の感覚が、歌を作るエネルギーなのだ。

あっけらかんと妊《みご》もりにけり愚かしきこの肉叢《ししむら》は陽にさらしおく

この「陽」の白さもまた、しめり気のない、暗さのない、どこかぽかんとした寂しさだろう。

その名も『びあんか』（イタリア語で「白の女」の意）という歌集がある。作者の水原紫苑《しをん》もまた、白の寂しさをあらためて思わせる存在だ。

喉白く五月のさより食みゐるはわれをこの世に送りし器　　水原紫苑

一首のポイントは、まず「喉白く」であろう。自分とは切り離された存在として母を捉える視線である。そしてさよりの白が喉の白に吸いこまれてゆくとき、「器」という乾いた言葉が選ばれた。

血の赤に象徴されるような、あるいは闇の黒につながるような、母娘関係ではない。白の女は、白で表現する。闇ではなく光を含んだ寂しさである。

白の次は、二色使いの歌を見てみよう。一つの色が、もう一つの色と出会うことによって、輪郭がよりくっきりとすることがある。

草わかば色鉛筆の赤き粉のちるがいとしく寝て削るなり　　北原白秋

赤と緑は、いわゆる反対色で、とりあわせとしては最も強烈だ。色鉛筆の赤い粉が飛び散ってゆく先々で、くきっくきっと緑が映える。そのことを草も喜んでいるし、作者も喜んでいる。

白き鯉の過ぎゆく膚《はだ》にかたはらの鯉の緋色のたまゆら映えつ　田谷　鋭《えい》

白い鯉が緋色の鯉のそばを泳いでいった。そのほんの短い時間におこった色のドラマ。おもしろいのは、動いているのは白のほうであるのに、照り映えてまた元に戻るという変化は、緋色のほうにおこっているという点だ。

じっとしている鯉は、色のかたまりに近い。泳いでいる鯉は、生物《いきもの》であることのほうにポイントがある。

「鯉の白」ではなくて「白き鯉」であること。「緋色の鯉」ではなくて「鯉の緋色」であること。注意深い表現だ。色の対比だけでなく、静と動の対比をも同時に成立させているところが、この歌のもう一つの魅力だろう。

うすく濃く樹樹はみどりを競ふかな極相林《クライマックス》の照葉樹林　　伊藤一彦

植物の群落が、その地域の気候条件に最も適応し、長期にわたって安定した状態に達した段階を「極相」という。

「みどり」というひとつの言葉では、とても束ねきれない様々な「みどり」。森林にあふれる自然の色彩の豊かさは、しばしば人の言葉を奪う。あるいは逆に、しばしば人を説明過剰にする。

そのどちらにも陥らずに、作者は「みどり」を表現した。「うすく濃く」という相対的な基準を持ちこんだところがミソだ。

二色のみどり（というのも妙な言い方ではあるけれど）が並んだ場合、必ずどちらかが濃く、どちらかがうすい。しかし、Aと並んだとき濃いみどりだった葉も、Bと並べばうすいみどりになる場合がある。要するに、互いが互いの「みどり」を濃くもし、うすくもするという関係の中で、無数の「みどり」は存在しているのである。「競ふ」という語によってさらに補強され、たった一つの「みどり」という言葉が、無数の「みどり」になった。

鑑賞コーナー⑩――固有名詞の効果

絵画作品の固有名詞や画家の名前を、比喩として短歌の中に登場させるのは、二つの点でなかなかむずかしい。その絵を、読者が知らない場合、想像の羽を広げようがないというのが一点。それから、もう一つの問題は、絵画自身が、すでに一人の画家の表現であり、様々な解釈をされるものだということ。比喩としてそれを用いるからには、ある限られた視点でもって、絵画を見なくてはならない。

しかし、そういうむずかしさをクリアして、魅力的な世界を作りだしている歌が、やはりある。

秋の野のまぶしき時はルノアールの「少女」の金髪の流れを思う　佐藤通雅

ルノアールは、おそらく日本で最もよく知られている画家の一人だろう。印象派の、優しい眩しい光の表現。秋の野に立つ作者は、そこにルノアールの少女の金髪を感じた。「流れ」という言葉から私は、逆光に照り映える一面のススキの野を思い浮かべる。そこには、ゆるやかな風が吹いている……。
非常に日本的な光景を、フランス絵画の輝きで捉えたところが、新鮮な一首だ。そしてその比喩がピタッとくる背景には、私たちのルノアールへの親しみがあるのだろう。

モジリァニの絵の中の女が語りかく秋について愛についてアンニュイについて

築地正子

首の長い、細面《ほそおもて》の、不思議な目をした女。モジリアニの描く女性像は、独特だ。絵の中の彼女が「秋について愛についてアンニュイについて」語りかけてくる——そういうような時間を過ごした、ということ全体を、この一首が比喩しているのだとも読めるだろう。あき、あい、あんにゅい、という「あ音」の連続が、流れるようなリズムを生みだしている。と同時に、その意味内容は、まさにモジリアニの女にふさわしい。

一方、たとえモジリアニの絵を知らなくても、この一首は別の楽しみ方ができるように思う。秋、愛、アンニュイの似合う女性像を、心に思い描く。すると本物のモジリアニに出会うまでは、それがその人のモジリアニの女性像となってしまう、というように。

あまりよい比喩ではないが東山魁夷のやうな山霧は降る

中山　明

一見するととぼけた作品だが、絵画を歌に持ちこむことのむずかしさを、逆手にとって、実はなかなかしたたかなところがある。

「よい比喩ではない」という言い方には、東山魁夷の絵画に対する批判的な精神があるだろう。が、それでもその言い方を受け入れて言葉にしてしまう作者。屈折してはいるけれど、やはり東山作品の、有無を言わせぬ迫力というものを感じているからこそ、なのではないかと思う。

さらに固有名詞が登場する歌を三首、紹介しよう。

国名がロシアへ戻ればロシアゆえ思い出だせる歌の数々　　関根榮子

それらの歌は、ロシアという国名と、わかちがたく結びついていたのだろう。それをソ連と言い換えることは、できない。ロシア民謡は、あくまでロシア民謡で、国名が変わったからといってソ連民謡というふうには、きりかえることはできないのだ。作者の心には、数々の歌が「ロシア」という言葉とともに刻まれていたのだろう。

ソ連邦の崩壊とともに戻ってきた「ロシア」という名前が、再び歌をも連れてきた。時間の深い流れを、背景に感じさせる一首だ。

そういえば、以前私も、ビルマがミャンマーになったとき、「でも、『ミャンマーの竪琴』じゃあ、感じ出ないなあ」と思ったことがある。

見下ろせば逆巻く怒濤唸りたる愛妻号といふ洗濯機

早野英彦

確かにそんな名前の洗濯機があったっけ。きっと新婚さん向けの商品なのだろう。それが、たまたま作者の家にもあるようだ。夫のほうが見下ろしているということは、彼が洗濯という家事に従事していると、とることができる（たまたま、通りかかって見下ろしたと考えるより、こちらのほうが想像がふくらむ）。

「逆巻く怒濤唸りたる」という大げさな表現が、諧謔味《かいぎゃくみ》を出して効果的だ。「愛妻」というかわいらしい名前と、実際の妻の様子との対比が、この洗濯機を通して、さりげなく、けれど的確に伝わってくる。

その読みの正確さすら自信なき小柴胡湯をけふも処方す　　川　明

「小柴胡湯」という名前を、私も漢方薬の一つとして見たことがある。が、果たして何と読むのかは、残念ながら知らない。関係がなければ、知らなくても気にならないが、それを薬として処方している作者は、はなはだ不安なようだ。

その名前を知っていようが知っていまいが、治療には直接関係はない。名前を知ったから、その薬の内容がわかるわけでもない。が、名前もわからないというのは、文字通り「得体が知れない」感じを増幅させる。ものと名前の関係をうまく使って、不安な気持ちが表現された一首である。

第八講

主観的な形容詞は避けよう　会話体を活用しよう

実践編

優秀作

待ちいたる電話にみんな手をのばすかるた取り合う子どものように

八王子市　佐藤友樹

【選評】

下の句の比喩が、的確で新鮮。家族の誰かの一大事だろうか。入試の合格発表や病気の検査結果などを、私は思い浮かべた。心配する気持ちは、まさに「子どものように」ストレートで裏のないものなのだろう。かるたの比喩は、見た目だけでなく、思いにも重なっている。

一つの電話にのびる複数の手。そのクローズアップが印象的だ。

添削①――主観的な形容詞は避けよう

たとえば「嬉しい」「愛《いと》しい」「苦しい」と百回言われても、本人でないかぎり、どんなふうに嬉しいのか、どれほど愛しいのか、何がそんなに苦しいのか、はわからない。作者にとっては、あまりにも自明のことなので、つい簡単に使ってしまいがちなのが、このような主観的な形容詞だ。形容詞に頼れば、ひとことですんでしまうが、その思いは読者には伝わらない。たったひとことの、その重みを伝えたいために、私たちは短歌を詠む。

誰が墓ぞ赤い小さな風車寂しくひとりまわってる

千葉県　こじまいさむ

誰のとも知れないお墓で、ひっそり回っている風車。この取り合わせ、切り取りかたは、なかなかよくて、一枚のしみじみとした写真を見るようだ。

作者は、その風車の様子を見て「寂しいなあ」と思ったのだろう。が、短歌にするならば、その様子を描いて、読者に「寂しいなあ」と思ってもらわねばならない。そのとき、作者と読者の心に、同じ思いが共有される。

この歌には、「寂しく」の他にもう一つ形容詞が使われている。「赤い」が、それだが、これは客観的な事実を示す形容詞だ。寒々とした風景に、ピンポイントで赤が加わることによって、いっそうその寂しさが強調されている。形容詞として、こちらは成功と言っていい。

「寂しく」をカットして、もう少し情景描写に言葉を費やしてみよう。

誰が墓ぞ赤い小さな風車夕べの風にカラカラまわる

時間と回る様子を追加してみた。これで、かなり寂しい感じが出たのではないだろうか。

さりげなく「好き」のかけらを渡す我風邪ひきし君にのど飴ふたつ

沖縄県　沙羅

ストレートな告白などとてもできないが、ちょっぴり思いは伝えたい……そんな作者の気持ちがよくわかる、初々しい相聞歌だ。「好き」のかけら、という表現が、とても魅力的で、情景もよく伝わってくる。

「さりげなく」という形容詞が、惜しい。この説明がなくても、堂々とした渡し方ではないだろうことは、想像がつく。この形容詞を削って、さらに具体的な状況を入れれば、歌はいっそう生き生きしたものになるだろう。

「のど飴」が、とてもチャーミングな小道具になっているので、それを生かす方向で、たとえば次のようにしてみては、いかが。

バレンタインに「好き」のかけらを渡そうか風邪ひきし君にのど飴ふたつ

「我」と「ふたつ」と体言止めが二カ所ある（第三講参照）。ここは重きをおきたい「ふたつ」のほうを残すのがいいだろう。

添削②――会話体を活用しよう

現在は、口語体で多くの短歌が詠まれている。私が短歌をつくりはじめたころは、まだ少数派だったが、今を生きる自分の思いを表現するために、口語を取り入れることは、ごく自然なことだった。

三十一文字に口語をなじませる方法として、とても有効だったのが、会話体を使うことだ。はじめから明確に意識していたわけではないが、試行錯誤の結果、会話体を活用することが、多くなった。地の文としては、まだ違和感のある口語も、かぎカッコに入れてしまえば、現在形以上の生き生きとした表情を見せてくれる。違和感も、おおいに減った。

今では、特に会話体にしなくても、口語はかなり三十一文字になじんできている。なので、なじませる手段というより、表現をいっそう磨く方法として、今回は考えていこう。

熱すぎるセリフで胸はもたれるし冷たい態度に揺れたりもする…

東京都　のり子

まさに口語体の一首。迫ってこられるとひいてしまうが、かといってつれなくされると心が穏やかでいられない……そんな複雑な乙女心が、よくわかる。特に結句の「揺れたりもする…」は、口語ならではの微妙なニュアンスがあって、おもしろい。「もたれる」という動詞も、感じがよく出ている。

が、読者としては、「熱すぎるセリフ」ってどんなの？「冷たい態度」って、たとえば？と思ってしまう。ここが具体的なら、より共感できるだろう。

「愛してる」なんてセリフはもたれるし「じゃあな」「またな」に揺れたりもする

会話体で、簡潔に具体性を出してみた。もっと相手の姿が浮かぶような個性的なセリフを入れても、いいかもしれない。

「雪が見たい」といったなら「見に来たらいいし」なんて簡単に行かれっこないし

神奈川県　菜穂

具体的な会話が、二人の距離感を、うまく出している。

問題は、三十一文字とあまりなじんでいないことだ。短歌を詠む原則として、三十一文字はできるだけ守りたい。そのほうが、言葉がリズムを得て、よりいっそう輝くだろう。

「雪が見たい」「なら見に来れば」簡単に行かれっこない受話器の向こう

自分のところには雪は降っておらず、相手のところには降っている。つまり、それだけで二人のあいだに物理的な距離があることがわかる。

たぶん電話で話しているのだろうと推測して、添削してみた。あわせて、気持ちの距離感といったものも出たのではないだろうか。

「Miss me ?」の答えは短くあいまいで悲しすぎるよ君の「Maybe」

イギリス　春澄

「私がいないと寂しい？」「たぶんね」……日本語で言うと、こんな感じだろうか。英語の会話は、より簡潔で、そのぶん、よりせつなさがにじんだ。M音が響き合っているのも美しい。会話体の応用例として、印象的な一首だ。

ここで、添削①「主観的な形容詞は避けよう」を思い出してほしい。「短い」「あいまいで」（これは形容動詞）「悲しい」……すべて、わざわざ言わなくても「Miss me ?」「Maybe」で、充分に伝わってくる。

上の句を、「Miss me ?」の答えは「Maybe」――としたらどうだろうか。そして下の句の七七で、二人の状況を説明するなり、心を象徴する風景を配するなり、相手の様子を描写するなり、してみる。それによって、この会話も、いっそうリアルになるだろう。

「Miss me ?」の答えは「Maybe」逆光に輪郭だけの君の横顔

この恋の当事者でないので、想像するしかないが、「君の横顔」を描いてみた。あいまいな返事をする「君」の、表情のとらえにくさを反映させて。

鑑賞コーナー⑪――主観をどう表現するか

阪神淡路大震災のおり、数多くの短歌が、短歌雑誌や新聞歌壇などに掲載された。戦争のときも、短歌や俳句を作る人口が増えたという話を聞く。非常時だから人は歌心を忘れるのではなく、非常時だからこそ心を言葉にせずにはいられないという気持ちが、生まれるのだろう。被災者のかたたちの短歌を読んでいると、テレビや新聞の報道ではなかなか見えにくかった「心」の部分が、ひしひしと伝わってくる。

六時間を歩いて帰り来し父は神戸の街の惨を語らず　　愛川弘文

作者は尼崎の人。六時間を歩くという具体的な表現が、一首に緊迫感をもたらしている。「いやー、ひどかったよ」と簡単に言葉にして語れるような「ひどさ」ではなかったのだろう。父親の沈黙は、どんな形容詞よりも、街の惨状を深く重く語っている。

簞笥の下を必死に抜けし老妻は一瞬笑い次に号泣す　　長沼　満

ほっとした直後に、どっとくる恐怖。実際に体験した人でないと、作れない歌だと思った。何の技巧も使わず、ただ事実を写しとったような歌いかたが、かえって現場の生々しさを伝えてくれる。
技巧は使っていないが、「怖《おそろ》しい」などの主観的な形容詞も使っていない。そこがポイントだ。

つづいて、少し艶っぽい歌を三首。

女性にとって愛する男性の体というのは、形容詞をつけるとしたら、どんなだろうか。人による違いはもちろんあるだろうけれど、「慕わしい」「頼もしい」「懐かしい」……さしずめ上位は、そういった言葉ではないかと思う。そしてこれらの形容詞を使わずに、いかにその感じを伝えるかが、歌の表現ということになる。

もの言わぬ男の肩の大きくて叩きやすくてときおり叩く　高橋則子

多くを語らない男は、ときに女を不安にさせる。作者も、「もの言わぬ男」へ、不安とまではいかないが、ほんのちょっぴりの不満を感じているようだ。が、それ以上の愛を、充分に感じていることが、下の句からは伝わってくる。

男の沈黙の意味するところは「愛は言葉や理屈じゃないだろう」ということなのだろう。だから私も、言葉や理屈ではなくて、こうしてあなたの肩を叩くの……。叩かれた男は、きっとびっくりする。「何？　どうして、そんなことするの？」そう問われた女は、こう答える。

「言葉や理屈じゃないの。あなたの肩が大きくて叩きやすいから、たまに無性に叩きたくなるの。だから叩いたの」

言葉にするにはもどかしいような、「慕わしさ」「頼もしさ」「懐かしさ」を、少女のような少し甘えた口調が、効果的に表現している。


とめどなき遠さにひとは眠りゆく吾を腕《かひな》のうちに閉ざして

稲葉京子

作者は、愛する人の腕のなかに、ぴったりと抱かれている。「閉ざす」という言葉が、男の体のたくましさを表わして印象的な一首だ。海底に深く沈む貝に抱かれた真珠を、私は連想した。

が、体はこんなにも近くにあるのに、その人の心は、遠い眠りにはいっている。寄り添って同じ夜を眠っても、決して同じ夢を見ることはできない。体が近いぶん、そのことがよけい寂しく感じられるのだろう。「とめどなき」という言葉には、哀切な響きがある。

夫の背に馴染みてくぼむ籐椅子にためらふごとく木洩日が来る　友野絹代

なだらかな曲線を描く籐椅子の、ちょうど背中の部分が、夫の体型に添うようにへこんでいるのだろう。そこに注ぐ陽の光が、くぼみに合わせて、ちょっと歪《ゆが》んで見える。光線が、やや折れるような感じだろうか。その様子を、作者は「木洩日のためらい」と捉えた。

いつもその椅子に座っている夫の気配を、光が感じてためらったのだと見る感覚が、美しい。作者自身が、そのくぼみに確かな存在を感じているからこそ、生まれた表現なのだと思う。

同じ作者に「地下鉄の駅空洞に吸はれゆく群羊のごとき男の背《そびら》」という作品もある。男の背中は、時にこんな表情も見せるのだ。

最後に、主観的な形容詞が、表現のなかで生きている例をあげてみよう。下の句のすべてが、主観的な形容詞でできている歌である。

サバンナの象のうんこよ聞いてくれだるいせつないこわいさみしい　穂村　弘

最初この歌を読んだとき、さっぱりよさがわからなかった。ふざけてるのかしら、この人、と思ったぐらいである。この一首が好きという友人に、正直にそのことを言うと、とてもいいヒントをくれた。

「サバンナの象のうんこが、真面目に聞けるはずないだろ？　そんなものに切実に呼びかけるっていうことは、つまりさあ、誰も聞いてくれなくていいってことなんじゃないの」――なるほど。だからこそ、まったく荒唐無稽なものに「聞いてくれ」と呼びかける。そして選ばれたのが、象のうんこというわけか。

　下の句に並べられた感情というのは、どれも思いきり主観的なものばかり。自分がどんなにだるいか、何がせつないか、どんな時にこわいか、どれほどさみしいか。そんなこと、自分以外の誰も、わかるはずがない……。そんな絶望に裏打ちされたニヒリズムを、思いきりカッコ悪く表現したのが、この一首なのだろう。もちろん、作者にとっては、カッコよく言うことのほうが、カッコ悪いのだろうが。

鑑賞コーナー⑫——会話の応用

日常、なにげなく遣われている言葉の言いまわし。気にも留めないものがほとんどだけれど、あらためてそのいい加減さを指摘されると、ドキッとすることがある。

金にては幸福は齎《もたら》されぬといふならばその金をここに差し出し給へ

安立スハル

「お金じゃ、真の幸福は買えないわ」「いくらお金があっても、心が満たされなければね」なんてことを、私たちは気軽に言ってしまう。確かに、正論ではある。けれどそれは、「お金がないことによって不幸が齎される場合もあること」を、まったく視野に入れていない発言なのだ。考えようによっては、まことにおめでたい。そのおめでたさを、「その金をここに差し出し給へ」という直接的な会話の言葉で、作者は表現した。直接的であると同時に切実な表現でもある。そのことがこの歌に、技巧を超えた迫力をもたらしているのではないだろうか。

〈反省の色が見えない〉〈反省の色はなにいろ〉教師と少年　今井恵子

会話体の応酬である。少年の言葉にドキッとした。私自身も教師だったころ、よく「反省の色が見えないなあ」と、生徒を見て溜め息をつくことがあった。が、その「反省の色」とは、すでに教師の中にできあがっている「期待される反省の姿」でしかない。そのことを、少年の言葉は鋭く指摘している。

この世には、いろいろな反省のしかたというものが、あるはずだ。教師の思惑とは違っても、少年は少年なりの反省をしているかもしれない。それを、自分の枠だけで見て

「反省の色がない」と決めつけるのは教師の傲慢ではないのか。「反省の色、反省の色って先生は言うけれど、いったいそれは何色なんですか？ 先生はどんな色をお望みなんですか？ きっとぼくの反省の色と、それは違うと思うけれど」。少年の言葉は、そんなふうに訴えている。耳を傾けねばなるまい。時には教師のほうにも、反省は必要なのである。

マニュアルに〈主婦にもできる〉といたはられ〈にも〉の淵より主婦蹶起《けつき》せよ

島田修三

ワープロかパソコンのマニュアルだろうか。指摘されて考えてみると、ずいぶん失礼な言いぐさである。主婦というものが、他の人々より劣っていると言わんばかりの表現だ。いたはる、とマニュアルを擬人化することによって、〈主婦にもできる〉という言葉が、ただの印刷物から、会話に近いものになった。そのことの効果も大きい。よりバカにした感じが前面に出てくる。

ひどい言われようではあるが、たいていの主婦は「アラ、主婦にもできるのね。私でも大丈夫なのね」と勇気づけられてしまっているのではないだろうか。

一見、親切そうに感じられるこんな表現の中にも、差別の芽は含まれている。そのことに鈍感であることは、差別の容認へとつながってゆく。作者は、一つの警鐘を鳴らしているのだ。ユーモラスな歌い方ではあるけれど、内容は意外と厳しい一首である。

俵万智　1962（昭和37）年、大阪府生まれ。歌人。早稲田大学で佐佐木幸綱氏の影響を受け、短歌を始める。86年、角川短歌賞を受賞。88年、現代歌人協会賞を受賞した。歌集に『サラダ記念日』『チョコレート革命』などがある。

Ⓢ新潮新書

083

考《かんが》える短歌《たんか》
作る手ほどき、読む技術

著　者　俵万智《たわらまち》

2004年9月20日　発行
2025年5月15日　13刷

発行者　佐藤隆信
発行所　株式会社新潮社
〒162-8711　東京都新宿区矢来町71番地
編集部(03)3266-5430　読者係(03)3266-5111
http://www.shinchosha.co.jp

印刷所　錦明印刷株式会社
製本所　錦明印刷株式会社
ⒸMachi Tawara 2004,Printed in Japan

乱丁・落丁本は、ご面倒ですが
小社読者係宛お送りください。
送料小社負担にてお取替えいたします。

ISBN978-4-10-610083-3　C0292

価格はカバーに表示してあります。

Ⓢ新潮新書

511
短歌のレシピ
俵万智

味覚に訴え、理屈は引っ込め、時にはドラマチックに――。現代を代表する歌人が投稿作品の添削を通して伝授する、日本語表現と人生を豊かにする三十二のヒント！

889
書きたい人のためのミステリ入門
新井久幸

書き手目線を知れば、ミステリは飛躍的に面白くなる。長年、新人賞の下読みを担当し、伊坂幸太郎氏、道尾秀介氏、米澤穂信氏らと伴走してきた編集長が、〈お約束〉を徹底解説。

161
本気で言いたいことがある
さだまさし

家族、子育て、平和、義、人情……。今この国は、どこかおかしくないだろうか？　時に辛口に、時にユーモラスに、しかしあくまで真摯に語り尽くした、日本と日本人への処方箋。

524
縄文人に学ぶ
上田篤

「野蛮人」なんて失礼な！　驚くほど「豊か」で平和なこの時代には、持続可能な社会のモデルがある。縄文に惚れこんだ建築学者が熱く語る「縄文からみた日本論」。

537
犯罪は予測できる
小宮信夫

街灯、パトロール、監視カメラ……だけでは身を守れない。「不審者」ではなく「景色」に注目せよ！　犯罪科学のエキスパートが説く、犯罪発生のメカニズムと実践的防犯ノウハウ。

新潮新書

967 あなたの小説にはたくらみがない
超実践的創作講座
佐藤誠一郎

面白い小説は、こうして作られる――入選する作品と落選する作品、いったい何がどう違うのか？　小説の基礎から応用テクニックまで実例を交えてわかりやすく教える。

569 日本人に生まれて、まあよかった
平川祐弘

「自虐」に飽きたすべての人に――。日本人が自信を取り戻し、日本が世界に「もてる」国になるための秘策とは？　東大名誉教授が戦後民主主義の歪みを斬る、辛口・本音の日本論！

576 「自分」の壁
養老孟司

「自分探し」なんてムダなこと。「本当の自分」を探すよりも、「本物の自信」を育てたほうがいい。脳、人生、医療、死、情報化社会、仕事等、多様なテーマを語り尽くす。

577 余計な一言
齋藤　孝

「でも」「だって」の連発、「行けたら行く」という曖昧な発言、下手な毒舌、バカ丁寧な敬語の乱用……28の実例と対策を笑いながら読むうちに、コミュニケーション能力が磨かれる。

593 ぼくは眠れない
椎名　誠

ガバっと起きると午前二時、それが不眠生活の幕開けだった。発端になった独立騒動、睡眠薬、ストーカー事件、試行錯誤……三十五年にわたる孤独な「タタカイ」を初告白。

新潮新書

979
流山がすごい
大西康之
「母になるなら、流山市。」のキャッチコピーで、6年連続人口増加率全国トップ――。流山市在住30年、気鋭の経済ジャーナリストが、徹底取材でその魅力と秘密に迫る。

601
沖縄の不都合な真実
大久保潤
篠原章
「カネと利権」の構造を見据えない限り、基地問題は解決しない。政府と県の茶番劇、公務員の君臨、暮らしに喘ぐ人々、異論を封じる言論空間など語られざるタブーを炙り出す。

720
生きてこそ
瀬戸内寂聴
智慧とは判断力のこと。目に見えぬものを畏れよ。何者として死ぬか。死の用意の形は――。95歳の著者があなたの心をほぐし、明日を生き抜く力を与えてくれる60話。

732
能
650年続いた仕掛けとは
安田登
なぜ六五〇年も続いたのか。義満、信長、秀吉、家康、歴代将軍、さらに、芭蕉や漱石までもが謡い、愛した能。世阿弥の「仕掛け」や偉人に「必要とされた」理由を、現役能楽師が語る。

735
女系図でみる驚きの日本史
大塚ひかり
平家は滅亡していなかった!? かつて女性皇太子がいた!? 京の都は移民の町だった!?――胤(たね)よりも、腹(はら)をたどるとみえてきた本当の日本史。